로크미디어가
유혹하는
재미있는 세상

ROK
MEDIA
로크미디어

다시 사는 재벌가 망나니 25

2022년 12월 26일 초판 1쇄 인쇄
2022년 12월 29일 초판 1쇄 발행

지은이 맹물사탕
발행인 김정수 강준규

기획 이기헌 왕소현 박경무 강민구 조익현
책임편집 금선정
마케팅지원 이원선

발행처 (주)로크미디어
출판등록 2003년 3월 24일
주소 서울시 마포구 마포대로 45 일진빌딩 6층
Tel (02)3273-5135 Fax (02)3273-5134
홈페이지 rokmedia.com E-mail rokmedia@empas.com

다시 사는 재벌가 망나니

맹물사탕 현대 판타지 장편소설

25

ROK
MEDIA

로크미디어

Contents

1장

조세화와 양상춘을 떠나보내고 난 뒤, 나는 굳이 가게에 남아 있다가 점심 영업을 마무리 중인 신은수를 따로 찾아 '오늘 식사는 무척 좋았으나, 진지한 이야기가 길어지는 바람에 부득이 음식을 남겼다'는 것을 일러 주었다.

"그랬구나."

다른 사람도 아니고 VVIP가 음식을 남겼으니, 브레이크 타임 때 내부 회의라도 시작할 기세였을 신은수는 내 말에 한결 안도한 기색이었다.

"오늘 영업 개시 전에 맛봤을 땐 괜찮다 싶었는데, 많이 남겨서 뭐가 문제였을까 고민했어."

"그랬군요. 오히려 다들 성환이 형 실력을 칭찬하던걸요.

진지한 이야기가 오가는 자리여서 남긴 거고…… 그중 한 분은 나중에 꼭 따로 찾아와 식사를 할 거라고도 했어요."

"다행이네."

내 말을 신은수가 웃으며 받았다.

"안 그래도 성환 오빠가 요즘 조금 예민해."

예전엔 오성환에게 깍듯이(?) '주방장님' 하고 그를 지칭하던 신은수는 요즘 들어 사적인 자리에선 '오빠'란 말을 덧붙이곤 했다.

'뭐, 오성환도 신은수한테 마음이 없는 것 같진 않고.'

아니 그건 둘째 치고.

"형이요?"

그러잖아도 우리 식당이 자랑하는 천재 요리사 오성환은 최근 성장통을 앓는 모양인지, 이래저래 실험적인 기획을 하곤 한다는 걸 제니퍼에게 전해들은 바 있었다.

'대중식당의 가성비와 파인 다이닝의 예술적 지향점 사이에서 고민하는 모양이지.'

오성환이 오늘 우리에게 선보인 기간 한정 메뉴도 그 고민의 과정에서 나온 결과물이었을 터.

아마 이번에 내가 아무 말 하지 않고 넘어갔다면 그의 고민이 불필요하게 길어졌을지 모르니 대표 입장에선 다행이었다.

'문제는 오성환의 레시피를 다른 주방장들이 흉내 낼 수 있

는가 하는 거지만.'

자취 요리가 고작인 나로서는 오성환의 고민에 도움을 줄
리 만무하니, 그의 성장통이 끝나길 가만히 기다려 주는 것
밖에 할 수 없다고 생각해 왔는데.

신은수가 한숨을 내쉬었다.

"응, 특히 최근 들어서 부쩍⋯⋯. 내 생각인데, 저번에 상
윤이가 개발한 치킨을 맛보고 난 뒤론 더 그런 거 같아."

엥, 그게 원인인 거 같다고?

신은수가 어깨를 으쓱였다.

"하긴, 내가 보기에도 잘 만들었더라. 고급 재료를 들이지
않고도 맛있었던 데다가, 레시피도 따라 하기 쉬웠거든."

신은수가 목소리를 살짝 낮췄다.

"실은, 단골손님 중엔 한정으로 내놨던 치킨은 언제 다시
나오냐고 묻는 분도 계셨어."

"그 정도였나요?"

"얘는. 상윤이 말로는 성진이 네가 몇 번씩 퇴짜를 놨다는
데 새삼 모른 척하니?"

그야, 맛은 있었다만 내 기준에선 조금 타협을 본 것도 없
지 않았는데.

'치킨에 한해선 내 입맛이 근미래 기준으로 설정되어 있
나?'

뭐, 추후 치킨 프랜차이즈를 생각하면 신은수가 전해 준

고객 반응은 내게도 고무적인 일이긴 하지마는.

'아무래도 오성환의 슬럼프는 내가 원인을 제공한 모양이군.'

신은수가 고개를 저었다.

"아무튼 그거 때문에 요샌 가게 문 닫은 뒤로도 계속 메뉴 개발에 매진하고…… 실은 오늘도 신화호텔 쪽에서 출장 부탁이 있었는데, 그것도 마다하고 본점에 있었던 거거든."

"출장요?"

"응, 뭔가 금일 그룹에서 큰 행사가 있다던데, 거기 나올 핑거 푸드 관련해서 오빠가 손을 보탰으면 하더라고."

오성환이 신화호텔 측의 부탁으로 지원 나가는 거야 하루 이틀 일이 아니니 그러려니 하지만, 마침 오늘 저녁 신은수가 언급한 그 장소로 갈 예정인 나로선 조금 공교로운 일이긴 하다고 생각했다.

신은수가 말을 이었다

"아무튼 매장 매출도 안정적이고, 이젠 다른 가맹점들도 궤도에 올랐으니까 쉬엄쉬엄하면 될 텐데……. 아차, 대표님 앞에서 할 말은 아닌가?"

"아니에요. 그 부분은 저도 고민하고 있었거든요."

오성환이 센스뿐만 아니라 노력까지 겸비한 요리사라는 건 익히 아는 바였지만, 그와 별개로 시저스엔 다른 요리사들이 오성환의 레시피를 따라가지 못한다는 근본적인 문제가 있었다.

'오성환도 답답하겠지.'

하지만 현 상황을 어떻게 포장하건 시저스는 패밀리 레스토랑, 정형화된 레시피를 통해 프랜차이즈마다 품질의 차이가 없게 해야 한다.

'솔직히 현재 시저스는 오성환의 실력에 너무 기대는 것도 없지 않고.'

특히 본점의 경우 오성환이 있고 없고 차이가 크다 보니, 몇몇 내부 사정을 아는 단골들은 가게로 전화를 걸어 '오 셰프님 있나요' 하고 물어본 뒤 찾아오기도 할 정도라고 하니까.

'게다가 지금 요리사로서 오성환의 재능이 한껏 개화하는 중인 모양이니, 일부러 프랜차이즈라는 족쇄를 채우는 것도 조금…… 재능 낭비란 생각마저 드는군.'

그렇다고 내가 가게의 매상보다 오성환의 장래를 더 생각하는 인격자란 의미는 아니다.

역으로 이 문제를 방치하면 우리가 의도치 않은 신뢰 하락으로 이어질 여지도 다분했다.

지금 시저스는 오성환이란 인물에 너무 매달려 있었고, 오성환의 유무로 퀄리티가 들쑥날쑥한 것보단 차라리 품질은 조금 떨어질지언정 평균적으로 비슷비슷한 수준의 요리를 매일 내놓을 수 있는 것이 우리 같은 프랜차이즈 식당이 지향해야 할 바였다.

'……안 그래도 슬슬 시저스의 브랜드 이미지를 상승시켜 볼까 생각하던 참이었는데.'

생각을 마친 나는 신은수에게 물었다.

"누나, 지금 성환이 형 불러 줄 수 있어요?"

"응? 으응, 알았어. 잠깐만."

어차피 지금은 마감 중이니까 그렇게 바쁜 것도 없을 테고, 가게도 정리 후 저녁 장사에 들어가기 전 잠시 휴식을 취할 때였다.

가게에 의자에 앉아 기다리고 있으니 오성환이 왔다.

"불렀냐?"

"아, 네, 형. 오셨어요."

오성환은 내게 허물없이 말을 붙이며 내 맞은편에 앉았다.

"안 그래도 오늘 VIP룸에 왔단 이야기는 들었는데. 어땠냐?"

"무척 좋았어요. 동행인 중엔 여기가 패밀리 레스토랑만 아니면 셰프를 불러 칭찬하고 싶단 말을 한 사람도 있는걸요."

내 말에 오성환은 싫지 않은 듯 씩 웃었다.

"그래? 이번 기간 한정 메뉴엔 신경 좀 썼거든. 특히 이번에 한우가 가격 대비 꽤 괜찮게 들어와서……."

아니나 다를까, 한우 채끝살을 그 가격에 내놓을 수 있었던 것도 오랜 시간 거래처와 신뢰를 쌓아 온 오성환의 재량이었다.

"아, 그렇다고 우리 대표님만 특별 취급한 건 아니니까 오해하진 말고."

"그럼요. 피크 타임에 저희 테이블만 신경 쓰는 건 현실적으로 어렵고요."

성업 중인 시저스에서 매일이 전쟁인 오성환의 조리복엔 지금도 요리가 튄 흔적이 다분했다.

'게다가 새벽엔 직접 물류 체크까지 하고. 오성환이 받는 월급이 적다고는 할 수 없지만 재능과 노력, 들이는 시간에 비해선 터무니없이 후려치는 느낌이지.'

심지어 저녁 장사 마감 뒤 뒷정리를 마치면 자정이 넘을 때도 왕왕 있을 정도니, 오성환도 때때로 브레이크 타임 때 짧은 수면을 취하는 것으로 피로를 회복하곤 했다.

'나도 열정 페이란 느낌으로 부려 먹고 싶지는 않지만 열정이 없으면 못 할 일이야.'

나는 오성환을 붙들고 있는 시간 동안 그 휴식 시간이 줄어드는 것을 고려해 빠르게 본론을 꺼냈다.

"형, 슬슬 독립해 보지 않을래요?"

"독립?"

눈을 동그랗게 뜬 오성환은 재빨리 주위를 둘러 본 뒤, 직원들이 가게 정리에 여념이 없음을 확인하곤 목소리를 낮췄다.

"혹시 오늘 별로였냐?"

그는 내가 해고를 에둘러 말한 걸로 착각한 모양이었다.

사람을 뭐로 보고.

"아뇨, 반대예요. 말씀드렸잖아요. 무척 좋았다고."

"뭐, 네가 사업 관련해서는 빈말을 하지 않는단 건 알고 있지만……."

오성환은 머리를 긁적이곤 몸을 앞으로 굽히듯 기울였다.

"그러면 갑자기 내 독립 이야기는 왜 나온 건데? 내 입으로 말하기는 뭣하지만 시저스는 잘 돌아가고 있지 않아? 고객 반응도 좋고."

"그래서예요."

나는 차분히 오성환의 말을 받았다.

"최근 내놓는 기간 한정 메뉴도 평가가 좋고, 그게 고객들의 발길을 붙잡고 있다는 것도요."

"……응."

"하지만 우리, 솔직히 말해 보죠. 형이 개발한 메뉴, 가게의 다른 요리사들이 만들 수 있는 거예요?"

오성환도 이번엔 대답을 하지 못했다.

'그도 자각하고 있군.'

나는 잠시 뜸을 들인 뒤 말을 이었다.

"제니퍼 누나에게 들었어요. 최근 주방 인력 교체 주기가 빠르다면서요?"

"그건……."

오성환이 인상을 구겼다.

"나간 사람들한테 싫은 소리 하고 싶지는 않지만, 그건 그 녀석들에게 프로 의식이 부족한 거지. 프라이팬 몇 번 더 돌리라는 게 어려운 요구는 아니잖아."

나는 차분한 어조로 오성환의 말을 받았다.

"저도 다른 조리사들이 형의 기준치를 만족시키지 못한다는 건 알고 있어요. 하지만 그렇다고 저희가 직원 채용 기준을 높일 수만도 없다는 건 이해하시죠?"

다른 건 몰라도 장부는 거짓말을 하지 않는다.

제니퍼가 내게 귀띔하길, 시저스가 성황 중인 건 둘째 치고 주방 인력 교체 주기가 빈번하단 말을 전한 바 있었다.

고용주 입장에 직원이 숙달되기도 전에 교체가 잦다면, 그 역시 문제다.

오성환은 그 말을 하고서야 내 앞에서는 실수했다는 걸 자각한 듯 면목 없어 하며 말을 이었다.

"……안 그래도 요즘은 레시피를 최대한 단순화하는 데 초점을 맞추고 있어. 아, 그리고 이번에 들어온 애들은 제법 싹수가 보이는 게 오늘은 별 실수도 없었고……."

"그걸로 형을 탓하려는 게 아니에요."

오성환의 엄격한 잣대에서 비롯한 높은 이직률 문제를 문제 삼고자 하면 삼을 수야 있겠지만, 나는 딱히 이를 걸고 넘어갈 생각은 없었다.

"형의 기준을 따라올 만큼 실력 있는 요리사는 우리 레스토랑에 오지 않죠. 그건 인정하고 넘어가야죠."

물론 굳이 오겠다는 걸 말린 적은 없지만, 경력과 실력을 갖춘 요리사가 받을 기준에는 못 미치는 봉급이다.

사실, 시저스는 그 전에 없던 새로운 요소 덕에 업계에서는 꽤 화제였고, 그래서 봉급에 비해 구직 희망자의 질이 높은 편이긴 했다.

하지만 그럼에도 얼씨구나 하고 거기에 맞춰 고용 기준을 재정립할 수도 없는 노릇이었다.

인기란 일시적이고, 우리는 반짝 유행이 사그라진 후 평균 매상을 갖추게 된 다음을 감안하여 시저스를 지속 경영 가능한 상태로 경영해야 했다.

더욱이 오성환이 시저스에서 다른 직원 대비 높은 봉급을 받는 건 그가 창사 멤버여서가 아닌, 조리뿐만 아니라 신제품 개발, 직원 교육 등 자잘한 일을 떠맡고 있기 때문인데, 그렇다고 오성환의 기대치에 맞는 수준 높은 요리사를 고용한다 한들 모두를 오성환처럼 부려 먹어 가며 월급을 안겨다 줄 수도 없는 노릇이다.

'나중에 프랜차이즈가 더 커지면 제품 개발 부서를 확충할 겸 전문 인력을 고용해도 되겠지만, 지금 매상에서 그 정도 덩치를 갖추는 건 과잉이지.'

나나 제니퍼가 돈이 없는 건 아니지만 땅 파서 장사하는 것도 아니니, 수익을 목적으로 하는 식당에 굳이 손해를 감수할 필요는 없다는 것이 내 생각이다.

'경영은 융통성 있게 해야지. 지금 잘나간다고 해서 무턱대고 덩치를 키워 댔다가 망한 기업이 몇인데.'

하지만 내가 오성환에게 그를 힐난하는 듯한 오해를 사면서까지 단도직입적으로 사안을 들추는 덴 달리 이유가 있었다.

나는 재차 말을 이었다.

"저는 지금 형에게 제안을 하는 거예요."

"제안?"

"네. 이번 기회에 형 이름을 건 레스토랑 하나 내 볼까 해서요."

내 말에 오성환은 마치 이해하기 힘든 농담이라도 들은 것처럼 어리둥절한 얼굴이 되었다.

가성비를 도외시한, 그럼에도 높은 가격에 걸맞은 서비스를 갖춘, 홍보를 목적으로 하는 가게.

'아무래도 오성환이 있어야 할 곳이라면 역시 파인 다이닝이지.'

나는 이번 기회에 슬슬 오성환을 스타로, 나아가 우리 브랜드의 얼굴 마담으로 만들어 볼 생각이었다.

"내 이름을 건 레스토랑이라니……."

오성환은 당황한 기색을 감추지 못했는지, 이 상황에서 뱉으면 자신에게 불리할 수도 있는 말을 입에 담았다.

"시저스는 어쩌고?"

"솔직히 말씀드리면 그간 시저스는 지나치리만치 형에게 의존해 왔어요."

나는 차분히 오성환의 말을 받았다.

"형도 형이 레스토랑에 출근한 날과 아닌 날의 손님 반응에 차이가 난다는 건 알고 있으시죠?"

"……."

"알고 계시네요."

나는 오성환에게 보란 듯 빙긋 웃었다.

"한 가지 여쭤보죠. 오늘 나온 기간 한정 메뉴, 다른 점포에서도 할 수 있을 것 같나요?"

내 말에 오성환은 궁색한 대답을 내놓았다.

"그거야 고객 선호를 알아본 다음, 점포 담당자가 숙달되면 그때……."

"정말요?"

"……."

오성환은 그제야 자신의 변명처럼 뱉은 말에 모순이 있었다는 걸 깨달은 모양이었다.

당장 오늘 우리 테이블로 올라온 기간 한정 메뉴 중 하나인 한우 채끝살 스테이크만 하더라도…… 오성환이 본인의 입으로 말하지 않았던가. 이번에 한우가 가격 대비 꽤 괜찮게 들어와서 넣어 본 거라고.

지금이야 시저스 점포 개수가 많지 않고, 마음만 먹으면 하루 만에 각 점포를 체크할 수 있으니 기간 한정 메뉴를 타 지점에도 개시하려면 가능이야 하겠지만, 추후 점포 수가 늘어나고 지방까지 분점을 내게 되면, 지금처럼 '오성환 개인의 재량'에 기대어 식자재 물류를 대는 건 현실적으로 불가능할 터였다.

'뭐, 그런 미래까지 가면 수요에 맞춰 독점 계약이나 대량 발주로 가격을 낮추는 것도 가능하겠지만 그것도 변수는 있고.'

오성환에게는 말하지도, 말할 생각도 없지만, 그는 하나의 레스토랑은 경영할 수 있을지 모르나 그보다 규모가 큰 업장의 경영자로서는 부적합한 인물이다.

'그에겐 내놓는 메뉴마다 어느 정도 이상의 품질을 보증할 정도의 센스도 있지만, 그 레시피를 모두가 따라 할 수 있는 것도 아니니.'

오성환 역시 그 부분을 자각하고 있는 것으로 보이나, 그럼에도 그는 자신이 생각한 레시피에 타협하지 않았다.

그런 의미에서 보자면 가뜩이나 시저스 총괄 셰프로서 압박감을 느끼고 있던 그에게 허상윤이 개발한 '치킨'이 가져온 의미는 남달랐을 것이다.

허상윤이 개발한 치킨은 처음부터 프랜차이즈화를 염두에 두고서 만들었고, 실제로 내가 맛본 바로 그 품질은 시저스 본점에서 내놓았을 때도 뒤떨어지지 않았다.

하지만 그렇다고 오성환이 허상윤의 방식을 따라 하거나 그 전철을 밟을 필요는 없다.

그건 허상윤도 마찬가지일 것이다.

허상윤도 그 또래 중에선 요리깨나 하는 부류에 속하겠지만, 최소한 그는 자신이 죽었다 깨도 오성환의 재능을 따라잡지 못하리란 것을 자각하고 있었다.

그 상황에 허상윤은 자신이 '요리사'로서가 아닌, '경영자'로서 무엇을 할 수 있는지 잘 알았다.

반면 오성환의 발목을 붙잡고 있는 건 아이러니하게도 허상윤보다 더 뛰어난 걸 만들 수 있는 그 재능 때문이었다.

"지금껏 저희는 각 점포마다 기간 한정 메뉴를 비롯한 일부 메뉴에 재량권을 주고 있었어요. 그건 점포마다 콘셉트를 달리한다는 경영 방침 때문인 것도 있었지만, 그걸로 메뉴 가짓수를 늘리고 내부 경쟁을 유도해 보자는 의도도 있었거든요."

"……."

그리고 결과는 오성환이 있는 본점의 매상이 가장 뛰어난 것으로 판명 났고, 최근 들어서는 각 점포의 재량권에도 불구하고 오성환의 눈치를 살피는 지경에 이르렀다.

"물론 여기서 만족하고 넘어가겠다면 지금처럼 손에 꼽을 정도의 점포만 경영하고, 이따금 형이 각 점포를 돌며 품질을 점검하는 정도로 그쳐도 상관은 없어요. 하지만 저나 제니퍼 누나는 시저스를 지금보다 더 큰 프랜차이즈로 확장시켜 나갈 생각이거든요."

오성환이 쓴웃음을 지었다.

"내가 있으면 불가능한 거냐?"

"그럴 리가요. 저는 어디까지나 요리사로서 형의 재능을 허비하고 싶지 않을 뿐이죠."

나는 대화의 본론으로 넘어갔다.

"오히려 저는 형이 프랜차이즈라는 틀에 갇혀서 하고자 하는 일에 제약을 가하는 것보단 독립된 점포를 맡아 가진 바 재능을 모두 펼쳐 보였으면 좋겠어요."

"……그래서 나더러 시저스를 나가 달라는 거고?"

나는 오성환의 지적을 미소로 받았다.

"그럴 리가요. 형이 제 제안을 수락해 준다면 앞으로 형은 시저스 제품 총괄과 신규 레스토랑의 셰프를 겸직하게 될 겁니다. 자세한 건 계약서를 검토하며 이야기하겠지만, 저도 형을 쉽게 놓아줄 생각은 없거든요."

까놓고 말해서, 내가 먼저 말을 꺼내긴 했지만 이건 오성환에게 무척 좋은 제안이다.

회사를 나가 달라는 것도 아니고, 웬 부자가 자신의 이름을 내건 레스토랑을 세우는 일을 지원해 주겠다는데 누가 이를 마다하겠는가.

'필요한 건 새로운 도전을 할 의지와 신념뿐이지.'

하지만 오성환은 즉답하는 대신 진지한 얼굴로 생각에 잠겼다가 간신히 한마디를 뱉었다.

"잠깐만 생각할 시간을 줘."

"그러죠."

나도 당장 대답이 나올 거라고는 생각하지 않았지만, 이 제안을 어렵게 생각하는 듯한 오성환의 모습이 어딘가 이상했다.

'신중해서 나쁠 건 없지만……'

내가 슬슬 일어나 볼까, 생각하는 찰나 신은수가 쟁반에 음료를 받쳐 다가왔다.

"실례하겠습니다~ 마시면서 이야기하세요."

그러며 다가온 신은수는 분위기가 요상하다는 걸 느꼈는지, 짓고 있던 미소를 살짝 거뒀다.

"오빠, 무슨 일 있어요?"

"아니, 그냥……."

신은수는 얼버무리는 오성환을 물끄러미 바라보다가 들고 온 음료를 테이블에 놓곤 나를 보았다.

"성진아, 잠시 자리를 피할까? 아니면 나도 무슨 이야기가 오갔는지 들을 수 있겠니?"

어려울 것 없지.

"아니에요, 누나도 앉으세요. 형도 괜찮죠?"

신은수는 시저스의 총무이기도 하니, 이번 일은 그녀도 알아 둬야 할 테고.

"······그래."

오성환도 허락했겠다, 나는 간추릴 것도 없이 오성환에게 제안한 내용 그대로를 신은수에게 전했다.

잠자코 내 이야기를 들은 신은수는 눈을 동그랗게 뜨더니 오성환을 보았다.

"뭐예요, 분위기가 심각하기에 뭔가 했더니······. 오빠한테는 잘된 일이잖아요."

신은수의 말에 오성환은 쓴웃음을 지었다.

"그렇게 보여?"

"그럼요. 자신만의 주방을 갖는다, 이건 모든 요리사들의 일차 목표잖아요? 심지어 성진이가 말한 거니까, 분명 개업 자금도 빵빵하게 지원해 줄 거고요."

그러며 신은수가 나를 보았다.

"맞지?"

"······예, 뭐, 자세한 건 견적을 내 봐야 하겠지만 부족함은 없게 해 드릴 생각입니다."

"봐요."

신은수가 어깨를 으쓱였다.

"게다가 오빠도 파인 다이닝 레스토랑을 여는 게 꿈이었 잖아요. 오빠 정도 나이에 이런 기회가 찾아오는 건 흔치 않 아요."

"하지만 왠지 너무 이른 거 같아서."

어딘지 평소 자신만만한 오성환답지 않은 소극적인 태도에 신은수는 미간을 살짝 찌푸렸다.

"이르기는요. 오빠가 어때서요? 솔직히 말해서 저는 오빠가 지금 당장 이 가게를 나가도 서로 데려가려 줄을 설 거라고 생각하는데요."

"……."

"저는 오히려 성진이 마음이 바뀌기 전에 얼른 계약서에 사인까지 마쳐야 한다고 봐요."

신은수가 그렇게 농담까지 덧붙였음에도.

"은수 너는 어떻게 생각해?"

오성환은 여전히 내키지 않는다는 얼굴로 물었다.

"저요?"

신은수는 곰곰이 생각하다가 신중히 대답했다.

"음, 총무 입장에서 생각하면…… 한동안은 쉽지 않겠죠. 시저스는 오빠가 생각하는 이상으로 오빠에게 의존하고 있으니까요."

오성환이 쓰게 웃었다.

"그 부분은 성진이랑 의견이 같구나."

"사실인데요, 뭘. 가게 매출부터가 증명하고 있고……."

신은수가 뺨을 긁적였다.

"하지만 멀리 보면 성진이 말이 맞다고 봐요. 주방의 다른 사람들 이야기를 들어 봐도 오빠를 따라가기조차 벅차단 이야기가 왕왕 들렸던 데다가…… 장기적 관점에선 모든 점포가 균등한 품질의 서비스를 제공하는 것이 옳으니까요. 어쨌거나 저희는 언제라도 부담 없이 찾아올 수 있는 대중성을 지향해야 하는 가게고, 성진이의 제안은 가게에나 오빠에게나 서로에게 좋은 이야기라고 생각해요."

신은수가 지적한 부분은 그도 줄곧 생각해 오던 바인지, 제법 설득력이 있게 들렸다.

그렇게 신은수도 동의하는 기색이자 오성환은 묵묵히 아이스커피를 마셨다.

신은수는 그런 오성환을 보며 장난스럽게 그 어깨를 툭, 하고 쳤다.

"뭐, 사람은 적응의 동물이라고들 하잖아요? 다 잘될 거예요. 게다가 저희도 체인점 세우면서 노하우가 쌓였으니, 가게 자리며 인테리어는 걱정 안 해도 될 거예요. 필요하다면 직원 구하는 것도 최선을 다해서 도와드릴게요, 오빠. 성진이도 그렇지?"

"물론입니다."

신은수까지 발 벗고 나서는 걸 보니 얼추 넘어 온 기색이라 생각하며 나는 그녀가 가지고 온 레모네이드를 홀짝였다.

오성환이 컵을 내려놓았다.

"그래, 나도 이번에 성진이의 제안이 파격적일 정도로 내게 좋은 기회라는 것쯤은 알아."

"그렇죠?"

"그래."

그 뒤, 그는 진지한 얼굴로 신은수를 보았다.

"하지만 지금 나는 총무로서가 아니라, 너 개인의 의견은 어떤지 묻는 거야."

그 말에 나는 마시고 있던 레모네이드를 뿜을 뻔했다.

'……그런 거였냐!'

하지만 신은수는 오성환이 무슨 말을 하는 건지 모르겠단 얼굴로 고개를 갸웃했다.

"저요? 음, 굳이 물어보니 대답하자면…… 그래도 마찬가지인데요. 오히려 제가 오빠 입장이면 성진이한테 뽀뽀라도 해 줬을 거예요."

내 의사는?

오성환이 당황하며 신은수를 보았다.

"은수 너, 설마……?"

"에이, 오빠. 지금 무슨 생각하는 거예요? 제가 오빠라면 그랬을 거란 거죠."

"그건 그것대로……."

"아무튼, 총무란 입장을 빼고 오빠랑 친한 동생이라는 입장에서 생각해도, 성진이 의견에 적극 동의해요."

친한 동생이라…… 흠.

"게다가 오빠에게는 열정도 재능도 넘치도록 있잖아요? 아, 혹시⋯⋯."

신은수가 눈을 가늘게 떴다.

"줄곧 레스토랑이 걱정되어서 그런 거였어요? 그거라면 저희가 알아서 할 수 있다고 했잖아요. 아니면 오빠는 우리 시저스 멤버들 못 믿는 거예요?"

"그건 아닌데⋯⋯."

나도 눈치가 빠른 편은 아니지만, 어쨌거나 신은수가 둔감하다는 건 알겠다.

오성환도 고생 좀 하겠구먼.

'뭐, 어쨌건 이 상황에 자리를 지키고 있어 봐야 불청객밖에 안 되겠군.'

젊은이들 연애하는 데에 나 같은 아저씨가 끼여서 뭘 하겠나.

나는 빙긋 웃으며 자리에서 일어섰다.

"그럼, 제가 드릴 말씀은 끝난 거 같으니까, 천천히 생각해 보세요."

신은수가 나를 보았다.

"응? 성진아, 레모네이드는 마저 먹고 가지 그러니?"

"아뇨, 오늘따라 너무 달아서 못 마시겠거든요."

신은수는 고개를 갸우뚱하며 내가 남긴 레모네이드를 마시더니 다시 한번 고개를 갸웃했다.

"괜찮은 거 같은데…… 알았어, 다음엔 시럽 양을 좀 줄일게."

"……아뇨, 레시피는 그대로 가세요. 기분 탓이니까."

나는 그대로 두 사람에게 작별을 고한 뒤 가게를 나섰다.

'쯧, 젊구먼. 젊어.'

오성환이 이번 제안을 재고하는 까닭이 개인 사유라는 걸 알았으니, 그 뒤는 알아서 잘할 거라고 본다.

'그거랑 별개로 어쨌건 이번 제안 자체가 인생의 전환점이니, 생각할 시간은 필요할 거야. 어쨌건…… 제니퍼에게도 언질은 해 둬야겠군.'

나는 고개를 저으며 엘리베이터로 향했다.

✦

사장실로 돌아온 나는 전예은이 가져다준 소화제를 먹고 난 뒤 제니퍼와 통화했다.

─응, 잘했어. 마침 나도 그게 신경이 쓰이던 차였는데 일이 바빠 미처 처리를 못 했거든.

최근 본격적으로 S&S 관리에 들어간 제니퍼는 시저스에도 들르지 못할 만큼 바쁜 나날을 보내고 있었다.

"누나도요?"

─요즘 성환이 하는 거 보면 걱정 안 되겠니? 오히려 성진이가 대신

나서 줘서 고마울 정도야.

내가 S&S의 공동 대표 직함을 맡고 있긴 하지만, 받아들이기에 따라 이번 일에 협의 없이 나선 건 그녀가 걸고넘어질 수 있는 일임에도 불구하고 제니퍼는 감사만을 표했다.

"그러면 누나도 성환이 형 이름을 건 레스토랑 설립에 동의하시는 거죠?"

-말했잖니. 오히려 고마울 정도라고. 사실 친구 사이여서 말할 수 없는 것도 있거든.

제니퍼가 말을 이었다.

-그래서 내 입장상 성환이의 독립은 섣불리 권하기 어려운 일이기도 했어. 내 입으로 그런 걸 말하면 공사 구분이 흐트러질 수도 있는 일이잖아.

하긴, 아무리 오성환이 시저스의 창립 멤버라고는 하지만 시저스 본점의 사장을 겸임하는 제니퍼가 그를 독립시키고자 하는 건 이래저래 오해를 살 여지가 있는 일이기도 했다.

-뭐, 중요한 건 성환이 개인의 의사이지만. 그래서 성환이는 어땠어? 성환이라면 티 안 나게 좋아했을 거 같은데?

"솔직히 말하면 내켜 하지 않았어요."

-엥?

수화기 너머 제니퍼의 당황한 모습이 왠지 눈에 선했다.

-왜? 누가 봐도 좋은 제안이잖아. 혹시 전달 과정에 오해가…… 아니, 우리 성진이가 그럴 리 없지.

그 중얼거림에서 제니퍼가 나를 신뢰하고 있다는 건 사무치게 와닿았다.

　-왜 그랬대? 성환이가 한번 튕겨서 몸값 올려 볼 만큼 약삭빠른 성격도 아니고.

　"음, 이건 제 개인적인 추측인데요."

　나는 제니퍼에게 오성환과 신은수 사이에 '썸(이 시대엔 이런 단어가 없었으니 좀 더 에둘러야 했지만)'이 있는 것 같다고 전했다.

　-어휴, 정말…….

　제니퍼는 크게 한숨을 내쉬었다.

　-나도 그렇게 안 봤는데, 걔도 의외로 로멘티스트네.

　"혹시 알고 있었어요?"

　-그럼. 레스토랑에서도 성환이가 은수 좋아하는 거 모르는 사람은 은수 본인밖에 없을걸.

　"그래요?"

　-은수 걔가 오죽 둔해야지. 걔는 성환이가 밥 한 끼 먹자고 부르면 그걸 시장 트랜드 조사로 받아들이는 애거든.

　그렇게 말한 제니퍼는 수화기 너머에서 깔깔대며 웃었다.

　하기야, 오성환의 '네 생각은 어떠냐'는 제법 노골적인 말에도 신은수는 그걸 '가게 입장 때문에 그러는 거라면 걱정할 거 없다'고 딱 잘라 받아들였을 정도니까.

　-아무튼 성진이까지 눈치챘으면 다 끝난 거나 마찬가지겠네.

　"제가 뭐 어때서요."

―어떻기는 뭐가 어때, 내가 보기에는 너도 둔감하기론 딱히 다르지 않거든?

"……."

어른을 놀리다니.

뭐, 전생의 약혼자도 내게 그 비슷한 말을 하긴 했다만.

―아무튼 알겠어. 뭐, 이 일로 성환이가 은수한테 차이면 쪽팔려서라도 네 제안대로 할 테니까 성환이의 파인 다이닝 레스토랑 론칭 건은 걱정할 거 없겠네.

묘한 부분에서 냉정하군.

직원들 연애사에 대해선 나도 알 바 아니지만, 나는 혹시나 해서 제니퍼의 의견을 물어보았다.

"그럼 혹시 둘이 사귀게 되면요?"

―그건 그것대로 괜찮잖아? 나야 눈꼴시기는 하겠지만.

"그럼 성환이 형이 이번 제안을 받아들여도 은수 누나는 해당 지점에 파견하지 않는 것으로 하겠습니다."

―우리 성진이, 말이 잘 통하는걸.

제니퍼는 또다시 깔깔거리며 웃은 뒤 말을 이어 갔다.

―아, 맞다. 얘, 그러고 보니까 명화도 곧 귀국한다면서?

예전에는 서명화에게 일종의 콤플렉스를 느끼는 듯도 보이던 제니퍼가 이젠 솔선해서 서명화의 이름을 입에 담을 줄이야.

하긴, 제니퍼도 이젠 '성공한 사업가' 행세를 할 수 있을 정도가 되었으니까 그럴 만하겠다.

"네, 늦어도 연말에는 한국으로 들어올 거예요."

─이번에는 아예 돌아오는 거니?

"그렇죠. 이참에 한국 법인도 차릴 예정이고요."

그러며 우리는 잠시 근황을 주고받았다.

─알겠어. 조만간 한번 보자. 성환이 계약 건 때문에라도 만나 보긴 해야 할 테니까.

"네, 서류 준비는 마쳐 둘게요."

─이래서 성진이가 좋다니까. 좀 더 통화하고 싶지만 이만 끊을게. 곧 관계사 미팅이 잡혀 있거든.

"제가 눈치 없이 바쁜 사람을 붙잡고 있었네요."

─얘는. 바쁘기로 치면 너만 하겠니? 그러면 다음에 보자.

나는 제니퍼와 통화를 마친 뒤 의자에 등을 기댔다.

'왠지 모르게 이래저래 묶인 매듭이 하나둘 풀려 가는 기분이 드는걸.'

양상춘과 만나서 터무니없는 오해도 풀었고, 프랜차이즈 사업도 일대 전환점을 맞았다.

'그 뒤부터 사안이 어떻게 흘러갈지는 흐름에 맡겨야 한다는 것도 비슷하군.'

그리고 당장 오늘 저녁에는 금일 그룹에서 주최하는 행사에 참석해 조세화와 설립할 회사의 밑밥을 깔아 두는 한편, 고대하던 곽성훈을 만나 그가 김민혁의 빈자리를 대신할 수 있는 인물일지도 알아볼 것이다.

'그게 아니더라도, 이 시대의 곽성훈이 어떤 인물인지에 대한 개인적인 호기심도 있고.'

밀린 업무 몇 가지만 처리했을 뿐인데 어느덧 약속 시간이 다가왔다.

"오셨습니까, 사장님."

주차장에서 나를 기다리고 있던 강이찬이 수리를 마친 차 옆에서 나를 깍듯이 맞았다.

"네, 오늘은 늦은 시간까지 잘 부탁드릴게요."

"아닙니다. 저야말로 불편함이 없도록 모시겠습니다."

그런 강이찬을 보며 나는 왠지 모르게 그가 평소보다 더 깍듯한 것 같다고 생각했다.

'흠, 차량 수리 기간 동안 출근하지 않고 공돈을 받은 게 미안해서 그런…… 것 같진 않고.'

일단 나는 생각한 바를 내색하지 않으며 미소로 강이찬의 인사를 받은 뒤 그가 손수 열어 준 뒷좌석에 올라탔다.

평소에도 강이찬은 탑승 전후 내부를 깔끔하게 청소해 두곤 해서, 장건후가 말한 '세차까지 말끔하게 해 놨다'는 말도 별 실감은 나지 않았지만, 기분 탓인지 새삼 이 애마가 반가웠다.

"그럼 출발하겠습니다."

"예, 그러시죠."

나는 전예은이 세심하게 다듬어 준 턱시도에 괜한 구김이 없도록 신경 쓰며 강이찬이 모는 차에 몸을 맡겼다.

'어쨌거나 오늘만큼은 일부러 주목을 끌어야 할 판이니까.'

굳이 나서지 않더라도 최근 상류사회의 화제에 오른 조세화와 대동한 것만으로도 이목을 끌기야 하겠지만, 전생에도 이성진을 따라다니면서 본바 저들은 사소한 일에도 트집을 잡고 뒷담화를 해 대기 일쑤인 부류였으니까.

'어쨌건 지금은 이성진의 어깨너머로 배운 처세술이 잘 먹힐지나 봐야겠군.'

얼마간 차를 몰았을까, 고가도로로 차를 올린 강이찬이 불쑥 말을 꺼냈다.

"저, 사장님."

여간해선 먼저 입을 열지 않는 강이찬이었기에, 나는 무슨 일인가 하고 그를 보았다.

"예, 무슨 일입니까?"

"염치 불고하고 부탁드릴 것이 있습니다."

강이찬이 내게 '부탁'이라······.

다른 사람도 아닌 강이찬의 입에서 나온 말이니 무언가 큰 일이긴 할 터.

나는 그 의중이 궁금했지만, 일단 고개를 끄덕였다.

"제가 도와드릴 수 있는 일이라면 얼마든지요. 말씀해 보세요."

"감사합니다."

강이찬은 내게 정중하게 감사를 표한 뒤 말을 이었다.

"괜찮다면 제게 구봉팔 씨를 소개해 주실 수 있겠습니까?"

"……."

……구봉팔을 소개해 달라고?

아니, 소개고 자시고 간에 둘은 이미 구면이지 않나.

'그렇다고 내게 그런 말을 한 강이찬의 속뜻이 이해가 가지 않는 건 아니다만.'

하지만 구봉팔과 강이찬 사이는 사무적이기는커녕, 아예 천성적으로 맞지 않는 사람들인 것처럼 서로를 불편해하는 기색을 내비쳐 왔다.

'게다가 얼마 전엔 나더러 대놓고 그런 부류와 어울리지 말란 말까지 한 마당에?'

그렇다고 쉬는 동안 이제 직장 상사의 긴밀한 영업 파트너와 화해해야겠다는 기특한 생각을 했을 리도 없고.

'즉, 구봉팔을 따로 만나 긴밀히 협의할 것이 있다는 이야기인데…….'

나는 일단 강이찬의 의중을 슬쩍 떠보았다.

"그러면 한번 날을 잡고 자리를 만들어 볼까요?"

"……제가 한번 만나고 싶어한다는 말씀만 전해 주시고 저에게 구봉팔 씨의 연락처만 주셔도 충분합니다."

이는 내가 구봉팔과 만나는 자리에 없었으면 좋겠단 말을 그 나름대로 최선을 다해 에둘러 표현한 것이었다.

'사실, 개인적으론 지금처럼 물과 기름, 소 닭 보듯 하는 사이여도 상관은 없는데.'

혹시 안기부 업무의 일환인가?

'그런 것치곤 접근하는 방식이 아마추어적이란 느낌이 들고.'

나는 잠시 생각하다가 강이찬에게 물었다.

"괜찮다면 이유를 들을 수 있을까요?"

강이찬은 한참 뒤에 대답했다.

"이런 표현을 용서하십시오. 개인적인 일입니다."

개인적인 일이라.

나는 그간 강이찬이 '조폭'이라 불리는 뒷세계 부류를 혐오하고 있다고 생각해 왔다.

다만 나는 그 바닥 인간들을 향한 강이찬의 적의가 필요 이상이라 여겼고, 그건 강이찬이 내게 말하지 않은 '개인적인 일'과 무관하지 않으리란 것에 생각이 미쳤다.

'……흠, 어쨌거나 개인적인 일이라고 했으니 안기부와는 무관한 일이겠지.'

나는 더 묻지 않고 고개를 끄덕였다.

"좋습니다. 그러죠."

내가 쿨하게 대답하자 강이찬은 내가 이유를 묻지 않은 것에 놀랐는지 잠시 뜸을 들였다가 허둥지둥 대답했다.

"가, 감사합니다."

"아 참, '개인적인 일'인 건 맞죠?"

"……예."

"그러면 됐습니다. 흠, 그러면 말이 나온 김에 지금 당장 연락을 넣어 두죠."

"지금 여기서 말씀이십니까?"

"핸드폰이 있으니까요. 대면 요청이라 하셨으니, 강이찬 씨는 언제가 좋습니까?"

강이찬은 후우, 한숨을 내쉰 뒤 조심스레 대답했다.

"……구봉팔 씨의 시간에 맞추겠습니다."

나는 핸드폰을 열어 구봉팔에게 전화를 걸었다.

몇 차례 신호가 가고, 구봉팔이 전화를 받았다.

-여보세요.

"네, 이사님, 이성진입니다."

내가 신원을 밝히자마자 사무적이고 딱딱하던 구봉팔의 어조가 급변했다.

-아, 넵, 사장님.

내 기억엔 발신자번호표시(CID) 기술이 상용화된 게 2001년 초중반쯤이었던 거 같긴 한데.

'머지않았다면 머지않았지만……. 좀 더 앞당길 수 있으면 좋겠군.'

나는 그렇게 생각하며 말을 이었다.

"수리를 맡겼던 차는 오전에 무사히 받았습니다만, 연락이 늦었습니다."

─아닙니다. 안 그래도 건후에게 보고받았습니다. 불편은 없으십니까?

"예, 마치 새것 같네요."

나는 간단하게 안부를 주고받은 뒤, 강이찬이 귀를 기울이고 있는 걸 의식하며 곧장 본론으로 들어갔다.

"다름이 아니라 지금 이사님께 전화를 드린 건, 제 운전기사인 강이찬 씨가 이사님을 직접 만나 뵙고 싶다고 부탁하셔서요."

─강이찬 씨 말씀입니까?

"예."

내 말은 구봉팔에게도 의외였던 모양인지, 그는 강이찬의 부탁임을 확인한 뒤로도 잠시 아무런 대답을 하지 못했다.

구봉팔 역시도 내 운전기사 겸 보디가드인 강이찬이 자신을 은근히 백안시하고 있단 걸 알고 있는 것이다.

─……사장님 말씀이니 만나 보겠습니다. 언제가 좋겠습니까?

"강이찬 씨는 이사님이 편한 시간에 맞추겠다는군요."

─알겠습니다. 그럼. 번거로우시겠지만 그 연락처를 알려 주시겠습니까?

아닌 말로 번거롭긴 하군.

내가 강이찬을 힐끗 쳐다보니 그는 고개를 끄덕였다.

"알겠습니다. 메모하세요. 011······."

나는 구봉팔에게 업무용으로도 쓰는 강이찬의 핸드폰 번호를 알려 주었다.

"지금은 운전 중이니까 30분 뒤에 전화를 걸면 받을 겁니다."

－예. 그러면 30분 뒤에 전화하겠습니다.

그렇게 구봉팔과 통화를 마치자 강이찬이 내게 다시 감사를 표했다.

"신경 쓰지 마세요. 어려운 부탁도 아니니까요."

"······예, 사장님."

아마 그가 감사를 표한 것에는 내가 가타부타 묻지 않은 것에 '신뢰'를 느낀 것도 포함되어 있는 것이겠지만.

'나야 정 궁금하면 나중에라도 전예은에게 물으면 그만이거든.'

구봉팔에게 볼일이 있다는 강이찬의 개인 사정이 궁금하기는 했지만, 그건 내가 당장 뭘 어떻게 해 볼 수 있는 일은 아니었다.

'안기부 쪽 일이랑은 무관한 지극히 개인적인 일이라는 정도는 짐작이 가지만······.'

혹시 가족과 관련한 일일까?

나는 묵묵히 운전하는 강이찬을 힐끗 살폈다가 고개를 옆으로 돌려 차창을 향했다.

'구봉팔에게 부탁하고자 한다는 일이 곤란한 일은 아니었으면 좋겠군.'

30분 뒤 다시 통화하자는 말처럼, 강이찬이 모는 차는 머지않아 서울로 들어섰다.

행사 장소는 서울 시내 인근에 자리 잡은 호텔로, 꽤 오래전에는 금일 측도 이 연례행사에 신화호텔 행사장을 애용한 모양이지만, 최근 몇 년 새 이래저래 삼광과 라이벌 구도가 형성되기 시작하면서 금일은 타 기업이 운영하는 호텔로 장소를 옮겼다고 했다.

'속이 좁은 건지, 이미지 관리의 일환인지…….'

그야 대놓고 공시한 적은 없지만, 의도하였건 하지 않았건 소위 말하는 이 '라이벌 구도' 덕에 양측이 한동안 수혜를 입은 것도 사실이다.

전자제품 분야에서 금일과 삼광에 부여된 2강 체제 대립 구도 이미지는 대중 전반으로 하여금 '국내 1류 전자제품은 삼광 아니면 금일'이라는 인식을 심어 주는 데에 한몫했다.

이는 실제 그 말이 나오기 시작한 이 시대에서도 차츰 그 성과를 내기 시작하였고, 이러한 이미지 각인 효과 덕분에 나중에는 한대를 비롯한 대기업이 전자제품 분야 사업에서 철수하는 것에도 소소하게나마 영향을 끼치게 된다.

뭐, 나중에는 삼광이 출시한 스마트폰이 넘볼 수 없는 글로벌 경쟁력을 갖게 되면서 '라이벌(웃음)'이 되었다지만 그건 십몇 년 뒤의 이야기인 데다가…….

'……어젯밤 한성진의 말을 들으니 이번 생의 한대전자는 호락호락 넘어갈 것 같지 않아서 걱정이기는 한데.'

원래라면 구색뿐인 인터넷 사업에 진출했다가 별 재미를 못 봤어야 할 한대 측은 전생과 달리 인터넷 사업을 좀 더 장기적으로 관측하기 시작하는 듯했다.

'그도 그럴 것이 당장 조광과 관련된 일련의 사건은 인터넷 신문 보도가 없었다면 성립되지 않았을 테니까.'

그뿐만 아니라 삼광 측이 시대를 앞서가 구축한 SNS 서비스인 '맺음이'도 알음알음 그 효용성이 입소문을 타고 번지기 시작하며 이 시대엔 아직 막연하던 인터넷의 실용성 부문에도 효과를 입증하고 있으니, 각 대기업은 조만간 펼쳐질 광통신망 시대를 향해 장밋빛 미래를 꿈꾸는 중이었다.

'어쩌면 이러다간 IT 버블이 전생보다 일찍 생겨나게 될지도 모르겠어.'

그에 대한 리트머스 용지가 SJ소프트웨어에서 퍼블리싱 중인 게임 산업으로, (전생의 나는 이 시기엔 게임에 관심이 없어서 전생과 비교하는 건 잘 모르겠지만) 간간이 올라오는 조인영의 보고를 들으니 해당 분야에도 우후죽순 스타트업기업들이 생겨나는 모양이었다.

'하긴, 게임 잡지의 번들 CD 제공 건만 하더라도 전생보다 빨리 시작된 거 같으니, 대한민국 게임 산업도 전생이랑 조금 다른 흐름을 띠는 모양이야.'

여담이지만 한때 삼광전자에서 계륵 취급하며 내게 떠넘긴 멀티미디어 사업부의 콘솔 위탁 생산 건은 이번 생엔 꽤 쏠쏠한 재미를 보는 듯했다.

그래서 이번에 한대 측에서는 내가 고사한 세가의 게임기를 정식 수입하기로 한 모양인데, 그 예정된 사업 실패가 이 분야에 관심을 기울이는 중인 한대의 행보에 재동을 걸어 줬으면 싶은 마음이다.

'그러니까 한대는 모쪼록 전생처럼 자동차나 열심히 만들어 줬으면 좋겠군.'

슬슬 재벌가 높으신 양반들이 무슨 차를 탈지 온 국민이 관심을 기울이는 시대가 올 테고, 나도 한대전자에서 괜찮은 세단을 내주기만 한다면 이미지 관리 차원에서 지금 타고 있는 수입차를 처분하고 국산으로 한 대 장만하는 것도 고려하는 중이니까.

'이거 참, 전생에는 어떻게 되건 신경도 쓰지 않던 일이 이젠 생활의 일부가 되었어.'

강이찬이 모는 차는 머지않아 호텔 입구에 정차했다.

"사장님, 도착했습니다."

나는 가볍게 고개를 끄덕여 준 뒤, 호텔 직원이 달려와 문을 열어 준 차에서 내렸다.

고급 외제 차 상석에서 웬 초등학생이 내린 것에 호텔 직원은 일순간 당황한 모양이었지만, 직원은 교육받은 대로 군말 없이 정중히 허리를 굽혔다.

"그러면 나중에 뵙죠."

"예."

회사 차가 떠나고, 나는 호텔 직원에게 물었다.

"오늘 금일그룹 컨퍼런스에 참석 예정인 이성진입니다만, 어디로 가면 될까요?"

"예, 담당자에게 안내해 드리겠습니다."

이 시대에도 신화호텔과 종종 비교되고는 하는 로테호텔 직원은 나를 호텔 안으로 꽤 능숙하게 안내했다.

"어서 오세요, 이성진 님. 기다리고 있었습니다."

오늘 올 손님들에 대해 금일 측이 신신당부했는지, 예쁘장한 미인 담당자는 내가 누구란 걸 밝히기 전에 나를 먼저 알아보았다.

'뭐, 이 자리에 턱시도를 입은 귀티 나게 생긴 초등학생 남자애는 나 말고 없나 보지.'

나는 미소 띤 얼굴로 고개를 끄덕이며 담당자를 보았다.

'흠, 담당자를 배정할 정도면 곽한섭 회장이 나를 꽤 신경 써 준 모양인데.'

금일 쪽이야 전생과 마찬가지로 이렇다 할 문제나 화젯

거리 없이 무난한 경영을 해 오는 모양이지만, 바뀐 건 상대였다.

그들과 라이벌인 삼광은 불과 얼마 전 명품 폴더블 핸드폰인 클램으로 국내외에 쏠쏠한 재미를 보고 있었으니, 이휘철의 은퇴로 느슨해 있던 금일 측은 바짝 긴장하고 있으리라.

'퀄컴이랑 협업한 게 삼광뿐만은 아닌데, 금일은 지금 뭐 하고 있냐고 주주들에게 한 소리 들은 모양이었지.'

배후에서 클램의 기획과 디자인을 컨펌한 게 미래에서 온 누구 때문이라는 걸 모르는 금일 입장에서는 억울할 것이다.

'원래라면 좀 더 나중에야 2세대 핸드폰 전쟁으로 박 터지게 싸워야 할 경쟁자가 벌써부터 저만치 앞서가고 말았으니.'

나는 그리 생각하면서 담당자에게 말했다.

"일행이 있어서 그런데, 잠시 기다려 주시겠어요?"

"네, 알겠습니다."

슬슬 조세화에게 전화를 걸어 볼까 생각하면서 턱시도 안주머니에서 핸드폰을 꺼내려는데 때마침 진동이 와 전화를 받았다.

"여보세요."

─성진아, 나야, 세화. 나 호텔인데, 지금 어디야?

나는 대답하며 주위를 둘러보았다.

"나도 호텔이야. 어디 있는데?"

─그래? 엘리베이터 근처…… 잠깐만, 아, 찾았다.

고개를 돌리니 조금 멀리서 내게 손을 흔드는 조세화가 보였다.

조세화는 전화를 끊어 핸드백에 넣으며 내게 종종걸음으로 다가오더니 손목시계 안쪽을 힐끔 쳐다보았다.

"진짜 시간 딱 맞춰서 왔네. 길도 안 막혔니?"

"우리 운전기사 솜씨가 오죽 뛰어나야 말이지."

"아, 그러세요."

나는 담당자에게 조세화를 짧게 안내했다.

"일행도 왔으니, 안내해 주시겠어요?"

"네, 손님."

담당자는 당황하지 않고 능숙하게 VVIP 전용 구역으로 발걸음을 옮겼다.

나는 담당자의 뒤를 따르며 조세화를 보았다.

"옷 바꿨네?"

"응? 아, 물론 당연히 갈아입었지."

"아니, 내 말은 저번에 우리 집에 왔을 때랑 옷이 또 달라져서."

조세화는 저번에 본 어느 나라 공주님 같은 옷이 아닌, 눈에 띄게 화려하지는 않지만 그래도 비싸 보이는 드레스 차림이었다.

내 말에 조세화는 고개를 갸웃하더니 대수롭지 않아 하며 대꾸했다.

"입었던 옷 또 입으면 촌스럽잖아."

대수롭지 않게 말하는 조세화를 보며, 나는 새삼 '아, 얘 재벌이었지' 하고 생각했다.

'게다가 당장 보유 자산만 따지면 나보다 더 부자고.'

조세화는 아마 이 시기 대한민국에서 가장 돈이 많은 중학생이 아닐까.

우리는 엘리베이터에 올라 숫자가 바뀌는 걸 말없이 지켜보았다.

"가면 뭐부터 할 거야?"

조세화가 불쑥 물은 말에 나는 대답했다.

"가능한 한 빨리 금일그룹 회장님을 만나서 인사드려야지. 어쨌든 직접 나를 초대해 주셨으니까."

그것도 이휘철을 만날 구실로 삼아 가면서.

내 말에 조세화는 알고 있던 내용을 막상 현장에서 들으니 그제야 실감이 나는 듯 표정이 딱딱하게 굳었다.

"금일그룹 회장님이면……."

"왜, 혹시 긴장했어?"

긴장을 풀어 줄 요량으로 살짝 도발했더니, 조세화는 의외로 순순히 인정했다.

"응, 남의 기업 행사장에 오는 게 이번이 처음은 아니지만…… 그래도 대리인 없이 직접 와 보기는 처음이니까."

"……."

조세화는 싱긋 웃으며 내 팔짱을 꼈다.

"알겠으면 오늘 에스코트 잘해."

아, 예. 어련하시겠습니까.

이윽고 엘리베이터가 멈춰 서며 문이 열렸다.

아무리 금일그룹이 제 멋내기용으로 꾸미는 행사라지만, 곽한섭 회장 본인은 이런 '구질구질한' 자리에 좀처럼 모습을 드러내지 않는다.

그래서일까, 엘리베이터에서 내리자마자 행사장에 모인 인물들 면면도 늙수그레한 얼굴들이 종종 보이는 것이, 그들도 오늘 행사를 예전처럼 금일의 과시나 돈 낭비로 그치지 않게 감시하겠다는 의도가 보였다.

'뭐, 쉽지는 않겠지만 열심히들 해 보쇼. 우리는 적당히 하다가 3G 기술이 나오는 즉시 스마트폰으로 갈아탈 테니까.'

이태석이나 임원들이 그때도 내 말을 들어 줄지는 모르겠지만, 지금 기준으로는 꽤 먼 미래의 일이니 나도 그렇게 되게끔 성장해 있어야 할 것이다.

오늘 행사를 신경 쓰고 있는 건 로테호텔 측도 마찬가지인 모양으로, 호텔 측은 그들이 보유한 가장 크고 좋은 홀 하나를 통째로 내놓았다.

'로테 입장에서도 요즘 경영 전략을 일신 중인 신화호텔에 신경이 쓰일걸.'

전생보다 일찍, 그리고 잡음 없이 공식적으로 신화호텔을 인계하게 된 이미라도 전생에 삐끗했던 해외 진출 건을 일찌 감치 접고 국내에 집중하며 꽤나 호평을 얻고 있었다.

그뿐이랴, 백화점도 경영하고 있는 그들은 (사실 서로 이렇다 할 간섭은 하지 않지만) 삼광과 친인척지간인 뉴월드백화점의 파 죽지세에도 신경이 쓰일 터.

'게다가 삼풍이 날려 먹은 대구 입점 부지를 외삼촌이 얼른 집어삼켰지.'

그러다 보니 이래저래, 아무리 대한민국에서 대놓고 허영 과 사치를 과시할 수 있는 마지막 황금기임에도 불구하고 금 일이나 로테나 다들 힘을 빡 준 기색이 역력해 보였다.

'그래서인지는 몰라도 새삼 샹들리에에도 먼지 하나 보이 질 않네.'

그리고 본격적인 행사에 앞서, 대기실을 서성이며 탐색전 을 벌이던 사람들의 시선은 자연스레 VVIP 전용 엘리베이터 에서 내린 우리를 향했다.

'이 바닥에 나도 마냥 부모를 따라 올 나이는 지났고, 심지 어 보호자 없이 단독으로 또래 여자애를 에스코트, 게다가 몸소 안내하는 담당자까지 배정되어 있으니 다들 내가 누군 지 궁금해하는 눈치군.'

그래서 나도 혹시나 전생에도 아는 얼굴이 없을까 싶어 눈 치껏 주위를 살폈지만, 워낙 홀이 넓은 데다가 사람도 많아 서 누굴 콕 짚어 찾는 게 쉽지만은 않았다.

'흠, 없진 않은걸.'

나는 저 멀리서 나를 힐끗거리는 여자를 보았다.

'저 사람은 금일의 직계 중 한 명이었나? 내가 알던 때엔 미국으로 가서 살고 있다는 이야기를 듣긴 했는데.'

상세하게 알아 둘 만큼 별로 중요한 인물은 아니지만, 금일 가문 내에선 꽤 입 털기 좋아하는 여자라는 이야기를 들은 기억이 났다.

'나중에라도 모쪼록 삼광 그룹의 이성진이 조세화와 함께 여기 왔다는 걸 대대적으로 입소문 내 주면 좋겠군.'

그리고 우리가 곽한섭 회장을 만나기 전, 내게 먼저 알은 체하며 다가오는 인물을 보았다.

"오, 성진이 왔어?"

김민혁과 김민정 남매였다.

웃으며 다가온 김민혁은 내 곁의 조세화를 보더니 사교용 미소로 인사했다.

"말씀은 많이 들었습니다. 조세화 씨죠? 저는 SJ컴퍼니의 CHO를 역임 중인 김민혁이라고 합니다."

김민혁의 공손하지만 사무적인 인사를 조세화도 형식적으로 받았다.

"네, 처음 뵙겠습니다. 저도 말씀 많이 들었어요."

나는 조세화에게 딱히 김민혁에 대해 말해 준 기억은 없지만, 아무튼 간에.

'어쨌건 섣불리 주제넘게 위로를 건네지 않는 걸 보면 김민혁도 나이에 비해 머리가 깼어.'

뒤이어 조세화는 어딘지 뚱한 얼굴을 하고 있는 김민정을 힐끗 쳐다보았다.

"동생이신가요?"

그제야 김민정도 조세화의 인사를 받았다.

"네, 안녕하세요. 김민정입니다."

"네, 반가워요."

"……."

"……."

어라, 그걸로 끝?

아무리 초면이라 어색할 수는 있다지만 이런 자리에서는 만나 보기 힘든 또래 여자애인데, 피차 데면데면해 봐야 서로에게 좋지 않을 것이라 생각한 나는 재빨리 끼어들었다.

"여기 있는 민정이는 나랑 초등학교 동창이야."

김민정이 내 말을 덧붙였다.

"4학년 때부터는 쭉 같은 반이에요."

옳지, 그런 식으로 대화의 물꼬를 트려는 거군.

조세화가 김민정을 보며 픽 웃었다.

"그러시군요."

"……또, 성진이랑은 어릴 때부터 친구였고요."

이성진이랑 어릴 적부터 알고 지내는 사이였다는 거, 평소엔 한사코 인정하지 않으려던 거 아니었나?

조세화는 빙긋 웃으며 김민정의 말을 받았다.

"사실 어릴 때부터 친구였다 같은 거, 별로 의미 없지 않나
요?"

"그래도 알게 된 지 몇 달밖에 안 된 사이 같은 거보다는
좀 더 아는 내용이 많겠죠."

"응, 중요한 건 시간보다 밀도라고 보지만. 그보단…… 민
정이랬지. 말 편하게 해. 성진이도 나한테 말 놓는걸."

"아니에요. 저보다 한 살 많으시잖아요, 언니. 언니만 말
놓으세요."

"어머, 한 살 차이가 어때서?"

"아뇨, 중학생이랑 초등학생은 차이가 크죠."

"민정이도 내년엔 중학생이면서 그러니?"

"그땐 그때고요. 아직은 1996년이잖아요?"

"그러면 내년엔 말 놓겠네."

"네, 호칭 문제는 그때 뵙게 되면 다시 정해 보죠."

음, 그래도 또래 여자애라고 제법 대화의 물꼬가 트이는
군.

한편 김민혁은 그런 둘을 보더니 어째 안절부절못하는 얼
굴로 내 어깨에 손을 올렸다.

"그, 흠, 그러면 나는 집안 어른들 찾아뵈면서 인사라도 돌
고 올 테니까, 민정이 잘 부탁한다."

"아, 네. 형."

김민혁은 볼일이 생각났다는 듯 재빨리 자리를 떴고, 김민정과 조세화는 그런 김민혁의 뒷모습을 바라보다가 동시에 코웃음을 쳤다.

저러는 거 보면 쿵짝이 잘 맞는 거 맞네.

조세화가 김민정을 보며 입을 뗐다.

"민정이는 오빠 따라 안 가도 되니?"

"아직 어른들 있는 자리에 낄 때는 아닌 거 같아서요. 오빠도 제가 없는 자리에서 할 수 있는 말이 있는 거 같고요."

"저런, 그러면 신나는 방학 중에 오빠한테 불려서 마지못해 나온 거니?"

김민정이 웃으며 조세화의 말을 받았다.

"꼭 그런 건 아니에요. 저도 집안 행사지만 성진이가 오는 자리엔 얼굴을 비춰야 한다고 생각했거든요. 재작년 성진이 할아버님 생신 때 초대를 받은 게 있어서요."

"아, 성진이네 할아버님? 나도 얼마 전에 직접 찾아가 뵈었는데 좋은 분이시더라."

"언니, 성진이 집에도 갔어요?"

"응, '사업상 볼일이 있어서' 말이야."

"그랬군요."

김민정은 왠지 모르게 의기양양한 얼굴을 하는 조세화를 보며 활짝 웃어 보이더니 내게 고개를 돌렸다.

"아참, 성진아."

평소에는 '야, 이성진' 이런 식으로 부르더니, 오늘은 자리가 자리여서 그런지 나를 대하는 게 좀 살갑다.

"왜?"

"요즘도 선아 언니랑 연락하고 지내니?"

선아라면, 천화초등학교 학생회장이던 채선아 말인가.

'그 부친인 채한열이랑은 김기환을 소개 받을 때 연락을 주고받았지만.'

나는 고개를 저었다.

"아니, 요즘은 도통 시간이 안 나서. 무슨 일 있어?"

"별일은 아니고. 나, 전교회장 된 김에 언니한테 연락해 봤거든. 혹시 노하우 같은 거 없을까 해서."

조세화는 '전교회장'이라는 김민정의 말에 미소를 지었다.

'이왕이면 서로가 공유할 수 있는 주제로 이야기를 나눴으면 싶지만…… 아직 꼬맹이에 불과한 김민정에게 그 정도 배려를 바라긴 힘든가.'

나는 괜히 조세화를 의식하며 김민정의 말을 받았다.

"전교회장직에 노하우랄 게 있나?"

"그러게."

조세화가 끼어들었다.

"우리 오빠도 초등학생 때 전교회장이었는데, 별로 어려워 보이지 않던걸."

"어머, 그랬군요."

그러고 보니 조세광도 전교회장 출신이었다는 걸 전생 어디선가 흘리듯 들은 기억이 났다.

'하긴, 전생의 이성진도 초등학교 전교회장을 했으니 별로 대수로운 건 아닌가.'

조세화가 말을 이었다.

"어차피 초등학교 전교회장 같은 건 애들한테 민주주의에 대해 간접 경험하게 하는 것뿐이고, 별로 실권도 없지 않니?"

"언니 오빠가 다닌 학교는 그랬나 보네요. 저는 재작년 때 방금 말한 그 언니랑 성진이랑 방과 후 교실 만드느라 고생한 기억이 나서요."

"아, 그래. 성진이가 방과 후 교실 프로그램 만들었댔지?"

"네, 언니도 아시네요."

묘한 곳에서 공통 화제가 나오기는 하는군.

김민정이 고개를 돌려 나를 보았다.

"언니네 아버지가 미국에 계시잖아? 얼마 전 거기서 바이올린 신동을 발견했대."

"바이올린 신동?"

"응, 성진이도 흥미 있지?"

조세화가 끼어들었다.

"성진이 너 클래식 좋아했어?"

김민정이 나를 대신해 답했다.

"아, 언니 몰랐어요? 성진이 바이올린 하거든요. 게다가 되게 잘 켜요."

김민정이 고개를 갸웃하며 말을 이었다.

"언제더라, 재작년에는 콩쿠르 나가서 상도 탔는데……."

조세화가 놀란 눈으로 나를 보았다.

"진짜? 왜 말 안 했어?"

나는 조세화에게 어깨를 으쓱였다.

"그냥, 흉내만 내는 정도야. 상 탔단 것도 장려상이고."

"그래도……."

조금 서운해하는 눈치의 조세화를 보며 김민정이 미소 지었다.

"언제 기회 되면 한번 들려 달라고 해 보세요."

"……."

조세화는 대답하지 않았고, 김민정은 내친김에 내게 말을 이었다.

"아무튼 그래서, 나중에 그 애가 귀국하거든 사모님이랑 함께 만나 보면 좋을 거 같단 이야기가 나왔지 뭐야."

"흠."

바이올린 신동이라.

어느 정도로 '신동'일지는 모르지만, 음악에 재능이 있는 아이들을 좋아하는 사모나 백하윤에겐 좋은 소식이 될 듯하다.

'겸사겸사 나에 대한 미련이나 서운함도 덜 수 있을지 모르

고.'

김민정이 말을 이었다.

"성아보다도 어리다고 들었는데…… 음, 나이가 아마 희진
이랑 성아 사이인가 그럴걸?"

김민정의 말을 남 일처럼 생각하던 나도 그 대목에선 조금
놀랐다.

"그렇게나 어리다고?"

"응, 내 말이. 게다가 엄청 귀엽대."

전생에는 별로 관심을 기울이지 않던 분야여서 몰랐던 건
지, 아니면 전생과 다른 형태로 미국을 향한 채한열에 의해
그때는 없었던 다른 전개가 펼쳐지는 건지는 모르겠지만, 그
렇게 어릴 때부터 '신동'이라 불릴 만큼 두각을 나타낸 인물
이 있음에도 내가 '전혀 몰랐다'는 점이 왠지 모르게 마음에
걸렸다.

'왠지…… 단순히 또래보다 조금 더 조숙한…… 그런 게 아
닐지도 모른단 생각이 드는군.'

나는 생각하는 한편, 내색하지 않으며 고개를 끄덕였다.

"그러면 나중에 내가 아저씨랑 연락해 볼게. 비디오라도
따서 어머니나 선생님께 보여 드리면 정말로 재능이 있는지
어떤지 평가가 나올 거 같아."

"그래, 그러면……."

그때 안내 방송이 들렸다.

-잠시 후 행사가 진행됩니다. 내빈 여러분께서는……

나는 두 사람을 보며 어깨를 으쓱였다.

"이야기는 잠시 접어 두고, 일단 갈까?"

⚙

자리를 빠져나온 김민혁은 고개를 저으며 한숨을 내쉬었다.

"휴우, 뭔 쪼그만 여자애들이 벌써부터 신경전을……."

반면 이성진은 알고서 그러는 건지, 아니면 전혀 눈치를 못 채는 건지, 그 와중에 달아날 생각도 못 하고 멍청하게 둘 사이에 껴 있을 뿐이었다.

'아니지, 걔는 나처럼 내빼는 것도 불가능한 입장이잖아.'

어쨌건 김민혁은 이성진의 명복을 빌어주기로 하며 정수 기에서 뽑아낸 찬물을 벌컥벌컥 들이켰다.

'……오빠 입장에선 동생을 응원하는 게 맞지만 저러는 걸 보면 그건 그것대로…….'

김민혁은 한숨을 내쉬며 종이컵을 쓰레기통에 넣었다.

"……내키지 않는단 말이지."

"뭐가?"

어?

김민혁은 누가 자신의 혼잣말을 들은 건가 싶어 얼른 고개를 돌렸다.

"안녕, 민혁아."

자신에게 다짜고짜 말을 건 상대를 확인한 김민혁은 다소 안도했다.

"······성훈이 형이었어?"

외딴 곳에 가만히 서 있던 남자, 곽성훈은 김민혁에게 사람 좋은 웃음을 지어 보였다.

"하하, 왜? 너도 참 못 볼 걸 본 사람처럼."

"그야 다짜고짜 말 걸면 놀라지."

김민혁의 볼멘소리에 곽성훈이 웃으며 사과했다.

"미안. 난 또 우리 민혁이가 웬 한숨을 그렇게 쉬나 했거든."

어릴 때부터 봐 온 먼 친척 형이지만, 어째 그때나 지금이나 자신을 묘하게 애 취급한단 느낌이다.

'그러는 나도 별 불만을 못 느낀다는 게 신기하단 말이지.'

김민혁이 고개를 저었다.

"모르는 편이 나아. 그나저나 형은 여기서 뭐 해?"

그 말에 곽성훈은 어깨를 으쓱였다.

"왜긴, 집에서도 가라고 성화였던 데다가 네가 꼭 좀 와 달라고 부탁했으니까 왔지."

"아니, 형, 내 말은······."

"농담이야."

곽성훈이 피식 웃으며 김민혁의 어깨를 쳤다.

"그나저나 너, 요즘 잘나간다며."

김민혁은 그가 다른 사람과 어울리지 않고 외진 곳에 있는 이유를 말하고 싶어 하지 않는다는 걸 새삼 깨닫곤 장단을 맞췄다.

"에이, 아니야. 곧 군대 가는 놈한테 무슨."

"군대? 금일 쪽 방위산업체가 아니고?"

곽성훈의 짓궂은 지적에 김민혁은 어깨를 으쓱였다.

"······그거나 이거나. 나나 형이나 면제 뺄은 없지만 이 정도 편법은 해 볼 만하잖아?"

김민혁의 말에 곽성훈이 소리 없이 웃었다.

"남들 앞에서 대놓고 할 말은 아니지만, 가 본 사람 입장에선 뺄 수 있으면 빼는 게 좋긴 하지."

"그러게, 형도 그때 좀 알아보지 그랬어. 아무리 그래도······."

따지고 보면 증조부인 곽인회 초대 회장 때부터 내려온, 이 금일그룹 가문의 직계 중의 직계인 사람인데.

김민혁은 그렇게 말하려 했지만 자신을 지그시 바라보는 곽성훈의 부드러운 눈길 때문인지 하려던 말을 채 하지 못했다.

곽성훈은 빙긋 웃으며 말했다.

"그래도 살면서 한번 정도는 가 볼 만해. 나야 부대 운이 좋아서 무탈하게 다녀왔으니까 흰소리하는 걸지도 모르지만. 하하."

"형도 참."

아이러니한 이야기지만, 곽성훈은 다들 20대 무렵 예전엔 없던—그리고 30대가 되면 말끔히 낫는—병이 생기고는 하던 이 집안에서 아무런 꼼수 없이 '현역 복무'를 마친 유일한 인물이었다.

더욱이 김민혁 본인도 수를 써—그리고 약간의 빽을 써 가며—가문 그룹 내의 업체 중 한 곳에서 대체 복무를 할 예정이었으니, 그 앞에서는 스스로도 조금 남자답지 못하단 괜한 자책을 하고 있었다.

곽성훈은 왠지 모르게 김민혁의 그런 다소 불편해진 속내를 꿰뚫어 보는 것처럼, 자연스럽게 화제를 바꿨다.

"아, 그런데 민정이는 잘 지내? 너하고는 이래저래 연락하지만 걔는 못 본 지 꽤 오래됐네."

"안 그래도 오늘 왔어."

"그래? 그러면 보러 갈까. 어릴 때부터 작은 고모님이랑 붕어빵이었으니까 미인으로 자랐겠는데."

"아니야."

김민혁이 쓴웃음을 지었다.

"지금은 말고 나중에."

"왜?"

"친구 만나는 중이거든. 벌써 끼긴 좀 그렇잖아."

김민혁의 에두른 말에 곽성훈은 잠시 생각하다가 고개를 끄덕였다.

"삼광그룹의 이성진 말이구나."

"응, 예전부터 형한테도 말했지? 소개해 주고 싶은 꼬맹이가 있다고."

"그래."

곽성훈은 고개를 돌려 군중이 모인 어느 지점을 보았다.

"나도 그래서 왔으니까. 기대하고 있을게."

김민혁은 곽성훈이 누굴 보나 싶어 눈길로 힐끗 그 시선을 따라가 보았지만, 그곳은 웅성거리는 군중만 있을 뿐이었다.

'……굳이 따지자면 내가 저쪽에서 오긴 했는데…….'

혹시 처음부터 쭉 지켜보고 있었나?

에이 설마.

2장

-다음으로는 올해의 우수 사원인⋯⋯.

긴장한 기색이 역력한, 나름 때 빼고 광을 냈음에도 이 자리에 어울리지 않는 후줄근한 차림의 중년 사내가 단상으로 올라왔다.

'아마, 차려입은 정장은 구두에 시계까지 다 합쳐 봐야 조세화가 차고 온 목걸이 가격에도 턱없이 못 미칠 테지.'

나는 옆자리에서 하품을 참으려고 애쓰는 김민정과 진지하지만 단상에는 관심이 없는 조세화를 번갈아 힐끗 살폈다.

'생각했던 대로 김민정이나 조세화뿐만 아니라 다들 건성이군.'

오늘 초대된 '우수 사원'에겐 두고두고 술안주거리가 될 만한 기념일이 될지도 모르지만, 여기 모인 이들은 제사보단 젯밥에 더 관심이 많은 사람들이다.

금일 그룹이 주최한 이 연례행사의 취지란, 까놓고 말해 '우리 이렇게 잘하고 있어요'를 대중에게 공개하는 것이 목적이기에 화려하면서 전형적이고, 따라서 지루했다.

'그야 대놓고 분기 실적을 자랑하지는 않지만.'

그래서 '조금' 약삭빠른 이들은 화장실을 오래 이용한다거나 급한 전화가 있는 척 자리를 비우고 있지만, 그것도 내가 보기엔 단편적인 사고였다.

'아주 높으신 분들은 이런 자리를 견디고 있거든. 여기서 어중간한 잔꾀를 부려 봐야 눈 밖에 날 뿐이지.'

실제로 정장을 빼 입은 노인네 중 몇몇은 빈자리를 확인하며 메모를 하는 모습이 보이기도 했다.

'다음부턴 행사에 초대되지 않겠군. 애석하게도.'

어쨌건 내 입장에서도 금일 그룹에서 선정한 '우수 사원'이 어느 부서의 어떤 직급인가 하는 건 금일의 향후 경영 전략과 무관하지 않으므로, 나는 자리를 지킨 채 단상을 주목하고 있었다.

'품질 관리 부서인가……. 왠지 얼마 전 이태석이 행한 대대적인 화형식을 의식한 것 같군.'

그것도 이 자리를 지키고 있을 몇몇 기자들을 향한 홍보 형식일 터이지만, 나는 왠지 대외용으로 준비한 '우수 사원

표창'과 달리 금일 측의 곽한섭 직속 핵심 전략 부서는 무선 사업부를 들들 볶고 있을 거란 생각을 했다.

'금일 입장에선 삼광의 폴더블 핸드폰인 클램이 눈에 밟힐 수밖에 없겠지.'

아니나 다를까, 다음은 자신을 노정문이라 소개한 이사가 나와 축사를 발표했다.

'노정문이라…… 마침 회사에서 조사한 기억이 나.'

아무리 내가 전생에 있었던 일을 속속들이 기억하고 있다지만, 그건 어디까지나 내가 보고 겪은 일에 한정된 정보였다.

노정문이란 인물이 금일의 이사로 무언가 활약할 당시 나는 경영과 무관한 철없는 꼬마에 불과했고, 따라서 나는 노정문이란 인물을 따로 찾아 조사해야 했다.

그는 임원치고는 꽤 젊은 축에 속했다.

들리는 소문에 의하면 그는 일찍이 해외 대학에서 디자인 관련한 학위를 취득한 인물로, 국내 대학에서 교수로 재직 중이던 그를 곽성훈이 '특별 지시'를 해 가며 스카우트했다고 한다.

그런 인물이다 보니 나처럼 기업 정보에 민감한 인물은 이 노정문이란 인물을 조금 주목하고 있었는데, 그는 금일의 파격적인 인사에도 불구하고 한동안 이렇다 할 성과를 보이거나 모습을 드러내지 않고 있었다.

'그렇게 조용히 지내던 인물이 오늘 이 자리에서 축사를 발표하다니, 이로써 한동안 누가 금일 그룹의 실세인지는 명확해졌군.'

더욱이 오늘은 무려 곽한섭 회장까지 모처럼 자리해 있으니, 금일은 노정문 이사가 하고자 하는 프로젝트를 팍팍 밀어줄 것이다.

그리고 나는 노정문이 디자인 전공 인물이라는 점에 주목하고 있었다.

'디자인 인물을 대놓고 밀어준다, 이 시대에선 꽤 파격적이야. 벌써부터 디자인의 중요성을 주목하고 있다니, 흠, 이건 금일답다면 금일답다고 해야 하나?'

하긴, 나중에는 '라이벌(웃음)'이라고 하지만 곽한섭이 실권을 쥐고 있던 이 시기의 금일은 결코 호락호락하지 않다.

'사실, 현재 세간의 평가도 백색가전 분야에서는 삼광보다 금일의 손을 더 들어 주는 편이지.'

실제로 곽한섭이 심혈을 기울여 만든 금일의 백색가전은 지금도 해외 시장에서는 꽤 잘 팔리는 중이었다.

오죽하면 한때 이휘철이 해외 순방을 갔던 당시 미국 가전 시장 한구석에서 먼지만 뒤집어쓰고 있던 자사의 텔레비전과 나름 가판대 중앙에 있던 금일의 텔레비전을 비교하며 '분노'했겠는가.

사실, 이는 추후 각종 경영 서적에서도 지적한 바이지만—

내가 옆에서 지켜본 그 본성이나 인생사와는 별개로—이휘철이 경영면에선 '정도(正道)'를 걷는 인물이기 때문에 생겨난 일이었다.

이휘철은 모름지기 제품이란 해외 유수의 제품과 어깨를 나란히 견줄 정도의 '품질'을 갖춰야 한다고 판단하는 인물이었고, 반면 곽한섭은 대한민국이 '일본 옆에 있는 나라'라고 알고나 있으면 교양과 상식을 갖춘 인물이란 평가를 받는 시대에 걸맞은 꼼수 아닌 꼼수를 부렸다.

근미래에도 그렇지만 금일의 제품은 남들은 생각해 보지 못했거나 시도할 엄두를 내지 못할 실험적 발상을 제품에 녹여 내는 것으로 유명했다.

당장 이휘철이 분노한 'TV'사건만 하더라도 삼광의 제품은 당시에도 기능적으로나 품질 면에서는 해외 유명 브랜드와 견주어도 손색이 없을 정도인 건 분명했다.

하지만 그때 비교 대상이었던 금일의 TV는 '그럭저럭 나쁘지 않은 품질'에 더해 그 시대엔 꽤 파격적인, 자체적으로 VCR기능까지 탑재한 제품이었고, 이는 별도의 VCR기기를 구매할 여력이 없는 소비층에게 좋은 선택 사항으로 다가왔다.

그러니 이는 금일이 수립한 경영 전략과 디자인의 승리라고도 볼 수 있는 사건이기도 했다.

'뭐, 결국엔 이휘철도 어쨌건 자신의 성향으론 죽었다 깨도

곽한섭 같은 사도(邪道)를 걸을 리 없다는 걸 깨닫고는 애꿎은 품질 부서만 들들 볶았지만.'

나중에는 결국 삼광의 품질도 좋다는 게 알려지며 이래저래 고객의 신뢰를 사게 되었으니, 이를 두고 어느 쪽이 옳았다고 하는 단편적 사고로만 평가할 일은 아니었다.

'장기적으로 보면 정도를 걸었던 삼광의 승리라고 볼 수도 있겠지만, 금일도 조금 얄밉긴 하지만 삼광을 통해 싸잡아 한국 제품은 품질 면에서도 나쁘지 않다는 반사이익적인 평가를 얻어 냈거든.'

지금 와서 생각해 보면 이휘철이 품질에 집착하는 것도 그가 한창 정력적일 때 일본에 뒤처지던 경험이 콤플렉스로 발현한 것 같긴 하지만.

아무튼 그런 금일이 훗날 삼광에 따라잡기 힘든 격차로 추월당한 건 곽한섭이 경영권을 내려놓은 뒤 이런저런 복잡한 내부 파벌 다툼으로 주춤하던 당시로, 마침 전 세계적으로 전자기기에 일대 기술적 혁신이 생겨나기 시작한 때와 맞물릴 때이기도 했다.

다들 쉬이 착각하기 쉽지만, 곽한섭이 걸은 사도는 지독한 현실 인식을 기반에 두고 있다.

'당장 피처폰과 스마트폰 사이의 갈림길에서 두 기업이 택한 노선만 봐도 알 수 있는 일이지.'

애플이 스마트폰을 대대적으로 공개한 당시, 삼광을 비롯한 국내 핸드폰 제조사는 코웃음을 쳤다.

그들이 보기에 스티브잡스가 발표한 스마트폰은 '(당시 꽤 잘 나가던 제품이라는 건 인정하지만)아이팟에 통화 기능만 추가된 것' 정도에 불과했고, 거기엔 핸드폰 제작 노하우가 없는 애플이 핸드폰을 만든다고 해 봐야 위탁 생산에 의존해야 할 거란 자만도 한몫했을 것이다.

하지만 역사가 기록하듯 스마트폰은 그 이후 세대가 그 이전을 상상하기 힘들 만큼 인류사에 일대 패러다임의 전환을 불러왔다.

조금 늦게나마 '스마트폰은 미래의 먹거리가 될 것'임을 깨달은 이태석은 피처폰 사업을 접는 것과 동시에 재빨리 스마트폰으로 갈아탔고, 이후 삼광은 글로벌 경쟁력을 갖춘 국내 최대의 회사로 발돋움하게 되었다.

하지만 곽한섭이 부재한 금일은 선대의 유지를 오해했다.

당시 마침 피처폰으로 잘나가고 있던 금일은 독특한 부가 기능과 디자인에 치중한 피처폰에 계속 매달렸고, 실제로도 한동안은 스마트폰이나 피처폰이나 별반 차이가 없을 정도였다.

'당시 피처폰에도 스크린 터치 정도는 가능했으니까.'

그러나 주지하듯, 스마트폰은 '고작' 제조사에서 외주를 주거나 자체 제작한 애플리케이션만으로 비교 우위를 점하는 물건이 아니었다.

들고 다니는 컴퓨터라는 평가마저 받는 스마트폰은 말 그대로 모두에게 열려 있었고, 각 스토어에서 애플리케이션을 받는 것만으로도 진화가 가능한 물건이다.

'그러니 그때도 곽한섭이 경영권을 행사하고 있었다면……제품 외형 디자인이나 참신한 기능 같은 부차적인 것에 매달리는 것이 아닌, 제품의 핵심을 간파할 수 있었을지도 몰라.'

가정이긴 하지만 만일 그때도 곽한섭이 쭉 경영권을 행사할 수 있는 환경이었다면 국내로나 국제로나 어떤 결과를 불러일으켰을지, 경영 초짜인 나로서는 도무지 짐작할 수 없다.

'……아무튼 오늘은 단상에 누가 올라왔는지 확인한 것만으로도 성과가 있다고 할 수 있겠어.'

조금 새삼스러운 이야기지만, 삼광의 '클램'을 본 곽한섭은 내심 등골이 오싹했을 것이다.

이전까지 삼광의 제품이란 좋게 말하면 '건실하고 든든한' 느낌의 제품으로, 상품으로서 솔직하게 말하면 '성능은 둘째 치고 별 재미가 없는' 제품이었다.

그런데 막상 삼광이 출시한 클램은 그 디자인적 측면이나 실용성 면에서 그가 알던 삼광이라면 '죽었다 깨어도' 만들 수 없는 파격적인 제품이었을 터.

'아니, 나처럼 죽었다 깨면서 전생의 기억까지 갖추고 있다면 만들 수 있긴 하지만.'

실제로도 클램이 기획되기 이전 내가 본, 그리고 전생에서 본 삼광의 '차세대 핸드폰'은 '기능미'만을 충실히 갖춘 무척 재미없는 제품이었으니까.

어쨌건.

예전에도 곽한섭 직속 라인으로 알음알음 영향력을 행사하고 있었을 노정문이 '공식적'으로 금일의 행사에 모습을 드러냈다는 건, 다시 말해 곽한섭이 삼광과 본격적으로 '디자인 전쟁'을 벌여 볼 심산이란 의미로도 해석이 가능했다.

'자의식과잉일지도 모르지만, 결국 이래저래 내가 일으킨 나비효과는 금일에도 영향력을 끼치고 있는 셈이로군.'

나는 단상을 내려오는 노정문을 보며 남들을 따라 건조한 박수를 쳤다.

'뭐, 굳이 이태석에게 보고할 필요는 없겠지. 어차피 삼광의 정보력이라면 다 파악하고 있을 테니까.'

그렇다고는 하나, 현재 무선사업부 사장이 제조 출신인 삼광전자 입장에서는 이러한 경쟁사의 행보에 경각심을 가져 볼 만한 사안이었다.

'내가 추후 주도권을 장악하려면 나도 남경민에게 힘을 실어 줘야겠어.'

멀티미디어사업부 출신으로 SJ컴퍼니에 몸담고 있던 남경민을 이태석이 무선사업부를 재편하며 다시 데려간 게 얼마 전 일이다.

'서명화가 귀국하면 남경민에게 일감을 몰아줘야지.'

따지고 보면 자회사이긴 하나 지금은 내게도 클램을 만든 공로가 있으니, 각자도 경력에 비해 어느 정도 발언권은 행사할 수 있겠지만 그래도 아직 주류라 불릴 정도는 아니다.

게다가 성공에 안주하는 경향이 있는 삼광이니 한동안은 쭉 클램의 자가 복제품에 집중할 터.

'일단 생각한 건 있어. 언젠가 이휘철도 지적한 바 있지만, 앞으론 한동안 문자메시지 기능의 유무가 중점이 될 거야.'

지금 내가 잡아챌 것은 플래그십 라인이 아닌, 서브 라인이었다.

'뭐, 당장은 유통 쪽 합자회사 설립이 우선이긴 하지만…… 그렇다고 내가 물려받게 될 회사에 소홀할 수는 없는 노릇이지.'

그 뒤, 단상에 선 노정문은 축사에 이어 건배사를 하는 것으로 형식적인 진행이 끝났음을 선언했다.

원형 테이블을 둘러싼 사람들은 저마다 잔을 들었고, 나도 주스가 담긴 잔을 들어 그들이 뱉는 '건배'라는 구호를 중얼거리곤 주스를 한 모금 마셨다.

'이제 정치질이 시작되겠군.'

노정문이 단상을 내려가자마자 호텔 직원들이 우르르 몰려와 마이크 등을 치웠고, 그 자리를 현악기 연주자들이 채우며 모차르트의 은은한 악곡을 연주하기 시작했다.

그게 신호라도 된 것처럼 사람들은 슬금슬금 자리에서 일어나 샴페인 잔을 들고 돌아다니며 여기저기 안면을 트고 싶은 사람들에게 인사를 걸어 댔다.

"휴우, 길었어."

김민정이 내게만 들릴 정도로 조그맣게 투덜댔다.

"그나저나 우리 오빠는 대체 어디 간 거람?"

"그러게나 말이야."

나는 대답하며 원래는 이 테이블에 있어야 할 김민혁의 빈자리를 보았다.

'뭐, 김민혁은 딱히 누군가의 눈에 들 필요는 없으니 제 마음대로 하는 거겠지만.'

혹시 곽성훈이랑 함께 있나, 싶어 찾아볼까 했지만 여기 앉아 주위를 두리번거리는 건 촌스러운 행동이다.

"그러면 다들 움직이는 거 같으니까, 나는 오빠나 찾아볼게."

김민정은 좀이 쑤셨던 모양인지 그런 구실을 들어가며 일어섰다.

"그러면 먼저 실례할게요, 언니."

그리고 김민정은 우리를 두고 자리를 피했다.

김민정이 자리를 뜨자마자.

"성진아, 그러면 이제 어떻게 할까?"

조세화가 내게 소곤거리며 곽한섭이 있는 단상 앞쪽 테이블을 힐끗 살폈다.

"지금이야말로 곽한섭 회장님께 인사드리러 갈 때 아니야?"

"아니."

나는 픽 웃으며 조세화의 말을 받았다.

"우리가 먼저 갈 필요 없어. 곧 사람을 부를 거니까."

"……그런 거야?"

"다 순서가 있거든."

조세화는 의아한 듯 고개를 갸웃했지만, 서로가 서로에게 인사하는 시간 순서는 이미 처음부터 치밀한 계획하에 설정되어 있다.

'자리 배치부터가 그래.'

곽한섭 회장이 앉은 가장 앞줄 VVIP석 근처는 그의 오른팔인 금일 그룹의 최측근에 자리가 배정.

방금 전 건배사를 하고 내려온 노정문은 곽한섭의 악수를 양손으로 받으며 그가 내민 샴페인 잔을 공손히 부딪쳤고, 좌우의 늙은 임원은 못마땅한 기색을 능숙하게 감추며 차례차례 덕담을 건네려 대기 중이었다.

그리고 그 좌우, 그런 곽한섭과 노정문을 살피는 테이블은 곽한섭의 친인척이며 회장의 눈에 들고 싶어 하는 임원들.

곽한섭은 그런 사정을 뻔히 알면서도 모른 척, 일부러 눈길도 주지 않은 채 노정문과 보란 듯 환담을 나누는 중이었다.

'내가 지금 누굴 밀어주는지 잘 봐 둬라, 이거지.'

요직을 곽씨 집안이 차지하고 있는 금일의 내부 파벌은 얼핏 보면 꽤 복잡해 보이지만, 핵심을 거슬러 올라가면 퍽 단순하다.

'어떻게 되건 실세는 곽한섭이라는 점.'

비록 요직에 그 혈족을 앉혀 놓고는 있지만, 그들에게 이렇다 할 경영 실권이 있는가 물으면 그렇지만도 않다.

곽한섭이 각 요직에 친인척을 앉혀 둔 건 그가 금일 그룹을 집안 사업으로 꾸리고자 함이 아니라, 어디까지나 그룹을 자신의 확고한 지배하에 두고자 함이다.

이는 이휘철이 각 자회사에 당신의 조카들을 앉혀 둔 것과는 다소 다른데, 만일 이미라며 이태환 등 이휘철의 조카들에게 '그럴 만한 능력'이 없었다면 이휘철은 그들이 가진 '명분'에도 아랑곳하지 않고 가차 없이 조카들을 내쳤을 것이다.

'즉, 믿거나 말거나지만 삼광 그룹의 각 자회사 친인척이 요직을 차지하고 있는 건 실력 위주의 인선이었다는 거지.'

나도 한땐 그것이 재벌들이 흔히들 저지르고는 하는 기업을 사유화하려는 수작 정도로만 판단했지만, 그들이 이휘철이나 이태석 못지않은 거물들이었음을 알게 된 뒤로는 생각을 고쳤다.

'그렇다고 이태준이 감투나마 재단 이사장을 하고 있는 걸 보면 이휘철도 팔이 전혀 안으로 굽지 않았다고는 할 수 없지만……'

최근엔 나도 이태준이 세간의 평가와 달리 마냥 '무능'한 인물은 아닐지도 모른다는 쪽으로 생각이 기울고 있다.

'……어쨌거나 이태준의 아들인 이남진을 내 비서와 엮어 주려는 걸 보면 혹시 모를 혼인 동맹을 방지할 은근한 견제를 겸하는 것 같거든.'

반면 곽한섭의 경우, 개인의 능력이야 어쨌건 가문의 피가 이어져 있다면 대놓고 요직에 그들을 앉혀 두었는데, '노골적으로 기업을 사유화하려는 것 아니냐'는 외부의 시선과 달리 이걸로 곽한섭은 그들을 감시하며 '혹시 모를 불상사'를 대비하는 일을 겸하고 있었다.

'아군은 가까이, 적은 더 가까이……라는 거군.'

뭐, 곽한섭 본인부터가 '왕자의 난'으로 나가떨어진 형님을 대신해 회장직에 오른 인물이니, 그 신중함을 이해 못 할 바는 아니지만.

'결국 나중엔 그게 금일 그룹의 발목을 붙잡게 되지만.'

아무튼.

테이블 위치 구성은 이렇듯 정치 역학을 고려하여, 곽한섭을 중심으로 호수에 떨어진 돌이 파문을 그리듯 그 중심에 가까울수록 곽한섭이 (여러 의미로)눈여겨보는 인물이란 의미와 상동하다.

내 경우, VIP석이란 느낌은 있되 부외자란 느낌이 드는 아슬아슬한 경계에 테이블을 두었는데, 이는 내가 '공식적'으로는 이휘철의 대리인 자격으로 참석했기 때문이었다.

아무리 이휘철의 직계 장손이라지만 고작 초등학생밖에 되질 않는 꼬맹이가 그런 거인을 대신한다는 건 무리수로 비칠 여지가 있으나…….

'어차피 이것도 상호 간의 암묵적 합의가 이루어진 일이거든.'

새삼스러운 이야기지만 금일과 삼광에는 일종의 라이벌 구도가 형성되어 있는 마당이다.

아무리 '초대'를 받았다지만 연배며 급수가 곽한섭보다 한 급 위인 이휘철이 참석하는 건 역설적으로 이 자리에서 가장 큰 어른이 되어야 할 곽한섭의 체면을 손상하는 일이었다.

그렇다고 이태석을 대리인으로 세우자니, 이태석은 이미 곽한섭과 '같은 급'이라고 할 수 있는 인물.

하물며 이태석이 공식적으로 은퇴한 이휘철을 대신하는 것도, 그렇다고 삼광전자의 회장 자격으로 참석하기는 뭣한 상황.

그래서 내가 이 자리에 온 건, 서로가 불편하지 않을 합의점을 찾아낸 섬세한 정치적 협의의 결과라 할 수 있었다.

'그렇다고 초등학생을 내보내 참석하게 한 것이 파격적이지 않다는 건 아니지만.'

어쨌건 나는 라이벌 그룹에서 보낸, 상대의 체면을 구기지 않을 선으로 계산된 인물이니 곽한섭은 주위의 인물들과 인사를 나눈 뒤에야 나와 인사를 나누게 될 것이었다.

'개인적으로는 그전에 내가 누구라는 걸 떠들기 좋아하는 사람이 알아봐 주었으면 좋겠는데.'

나는 재빨리, 그러면서 티 나지 않게 행사장의 인물들 면면을 눈으로 훑었다.

'자, 그러면 아까 봐 둔 그 떠들기 좋아하는 아줌마는 어디 있을까.'

멀리 갈 것도 없이, 나는 대상을 찾을 수 있었다.

'저기 있군.'

그사이 호텔 직원은 행사장 구석에 출장 뷔페를 마련했는데, 그녀는 사람들이 옹기종기 모인 그곳에 있었다.

나는 조세화에게 힐끗 시선을 던진 뒤 발걸음을 옮겼고, 조세화는 눈치껏 얼굴에 미소를 띤 채 내 뒤를 따라왔다.

과연 돈 들인 행사답게 뷔페 구성은 화려했다.

심지어 조리복을 갖춰 입은 요리사가 따라온 걸 보니 즉석에서 조리를 할 준비도 해 둔 모양.

'아하, 원래라면 저 자리에 오성환이 설 뻔했단 거지?'

여담이지만 몇 해 전 내가 이휘철의 생일 기념 행사장에서 허상윤과 언쟁했던 이후 뷔페 즉석 조리대는 이 바닥 트렌드로 정착했고, 이제 '신경 좀 썼다(=돈을 꽤 썼다)'는 느낌을 주려면 조리사가 즉석에서 조리하는 정도는 기본이 되었다.

'그렇긴 해도…… 언젠가 허상윤이 지적한 것처럼 여긴 먹으러 오는 곳이 아니야.'

그땐 일부러 허상윤의 말에 괜한 반박을 했지만, 허상윤도 표현이 거칠었다 뿐, 엄밀히 말해 틀린 말을 한 건 아니었다.

간단한 핑거 푸드 몇 개 정도 집어 먹는 건 좋다.

하지만 '접시 가득 담아 먹는' 행위만큼은 어쨌건 초짜 티가 물씬 나는 일이었다.

'안 그래도 허영 가득한 놈들은 아까 우수 사원 표창을 받은 사원 가족을 피식피식 비웃고 있군.'

예의 그 사원은 가족 전원이 초대받은 모양이었는데, 자리가 가까워 일찌감치 식사를 담아 온 그들은 이런 자리가 아니면 좀처럼 먹기 힘든 고급 요리를 접시 가득 쌓아 자리에 앉은 채였다.

여담이지만, 이 사원 가족이 환기에 용이한 출구 근처, 곽한섭이 앉은 VIP테이블과 먼 자리에 자리를 배정받은 걸 보면 곽한섭이 이 '우수 사원'을 어떻게 취급하는지, 그리고 휘하 사원을 어떻게 생각하는지 알 수 있는 조각 중 하나였다.

'이휘철이나 이태석이라면 일부러라도 동석을 했을 텐데…… 이런 점에서 곽한섭의 한계가 드러나는군.'

어쨌건 다들 대놓고 말하지는 않았지만 그쯤 하니 그 사원도 자신이 뭔가 '격'에 어울리지 않는 행동을 하고 있다는 걸 자각했는지 고개를 푹 숙였다.

솔직한 심경으론 '댁들은 얼마나 잘났냐'고 시비를 걸고 싶긴 했다만, 내가 굳이 나설 일은 아니다.

'그땐 이런저런 사정으로 허상윤에게 일부러 시비를 걸었지만, 여기선 긁어 부스럼 만들 필요도 없으니…….'

조세화도 그런 면면을 보며 불쾌한 듯 살짝 인상을 찌푸렸지만, 그녀도 여기 온 '목적'을 상기하고 있는 것인지 끼어들지 않았다.

'밉보이면 안 되는 자리니까, 잘 참았어……. 어라.'

나는 거기서 접시 한가득 음식을 담고 선, 부드러운 인상의 잘생긴 청년을 보았다.

'곽성훈?'

내가 서 있는 곳이랑은 조금 거리가 멀었지만, 나는 그를 한눈에 알아보았다.

'시간대는 다르지만 그 얼굴을 내가 못 알아볼 리가 없지.'

곽성훈은 빙긋 웃으며 사원 가족이 있는 자리로 다가가더니 그들에게 인사를 건넸다.

"실례합니다. 괜찮으시다면 합석해도 되겠습니까? 제가 앉은 곳이랑 자리가 멀어서요."

"예? 아, 그……러시죠."

사원은 허둥지둥, 웃는 얼굴에 침 못 뱉는다는 듯 엉겁결
에 승낙했고, 곽성훈은 미소 띤 얼굴로 자리에 앉았다.

 나도 근처에 있다 보니 듣지 않으려 해도 곽성훈의 이야기
를 듣지 않기 힘들었지만, 그건 줄을 섰던 사람들도 마찬가
지였다.

 '심지어 조세화도 조금 흥미가 동한 모양인걸. 뭐, 그럴 법
하긴 해.'

 분야(?)는 다르지만 잘생긴 재벌가 인물이라는 점에선 이
모저모 이성진과 비교가 되던 인물이기도 하고.

 날카롭긴 하지만 선이 굵은 미남형인 이성진과 달리 곽성
훈은 '덧없이 가느다랗다'는 느낌이 드는 인상이었는데, 그
어딘가 중성적인 모습에는 왠지 모르게 병약한 귀족을 연상
케 하는 퇴폐미마저 느껴졌다.

 '그리고 아직 여물지 않는 이성진(나)과 달리, 젊음의 축복
을 한껏 누리는 시기니.'

 속된 말로는 한창 물이 올랐다고 할 수도 있겠다.

 '어쨌거나 그에겐 사람들의 시선을 끌어모으는 카리스마가
있으니까.'

 그래서일까, 근처에 선 이들은 저마다 저도 모르게 곽성훈
의 한마디, 일거수일투족에 관심을 기울이고 있었다.

 '⋯⋯좋아. 이번 기회에 그 평소 모습이 어떤지 한번 지켜
볼까.'

뻔뻔하다면 뻔뻔하게 자리를 잡은 곽성훈이 동석을 허가한 사원에게 감사 인사를 했다.

"감사합니다, 김경인 계장님."

"아, 아뇨."

"실은 거리가 멀어서라는 건 핑계였고, 계장님과 이야기를 나누고 싶었다는 게 본심입니다. 아, 그리고 이번에 우수 사원으로 선정되신 거, 축하드립니다."

그러며 곽성훈은 입에 토마토소스를 묻힌 꼬마에게 미소를 건넸다.

"아빠가 자랑스럽겠구나."

"네!"

갑작스럽다면 갑작스러운 난입에 당황한 기색이던 사원은 비록 곽성훈이 누구라는 것을 모르는 눈치였긴 해도, 누구에게나 호감을 살 법한 미남이 친절하게 나오니 금방 경계를 풀었다.

심지어 그는 귀족적으로 잘생긴 인상임에도 불구하고 범접하기 힘든 느낌의 이성진과 달리, 서글서글하니 상대의 경계를 풀어 주는 면모마저 있었으니…….

'잘생기고 똑똑한 데다 성격마저 좋고, 남들에게도 쉽게 호감을 산다니…… 사기캐야, 사기캐.'

나는 죽었다 깬 뒤에도 찾아내지 못했지만, 분명 뒤가 구린 구석이 있을 거다. 암, 그렇고말고.

사원이 우물쭈물하며 머리를 긁적였다.

"감사합니다. 아, 저…….."

"아 참, 소개가 늦었습니다. 계장님. 저는 곽성훈이라고 합니다."

곽성훈.

나는 얼굴을 보자마자 알고 있었지만, 개중에는 그 이름에 놀란 사람도 더러 있었다.

하긴, 지금은 곽성훈은 아직 세간에 모습을 드러내지 않던 시기니, 대다수는 그 이름을 듣고서야 그가 누구란 걸 알아보았으리라.

'심지어 가문에서 애물단지 취급받고 있다곤 하지만, 어쨌건 직계 중의 직계니까.'

곽성훈은 왕자의 난으로 실각한 곽한구의 손자로, 여기저기서 사돈의 팔촌까지 그러모은 금일 그룹 내에서는 성골이라 할 수 있었다.

그런 곽성훈이 대놓고 그들이 비웃던 이와 합석해 있으니 사원 가족을 비웃던 이들은 헛기침을 해 가며 애써 그들을 외면했다.

'다만 밖에서 보니 새삼 뭔 천박한 귀족 놀음도 아니고, 하는 생각이 들긴 하네.'

그것도 곽성훈이라는 이름을 들어 본 사람에 한해서이긴 하지만.

사원은 곽성훈의 소개, 그리고 '드문 성씨'라는 것에 놀라며 그를 보았다.

"예? 그러면 혹시……."

"하하, 부끄럽지만 아직 취업 준비 중이라 댈 만한 직함은 없습니다."

"그러셨군요."

　그가 에둘러 말한 백수란 자기소개에 사원은 완전히 경계를 풀지는 않았지만, 어느 정도 안심한 눈치였다.

　곽한구 회장은 조금이라도 연이 닿아 있으면 사돈의 팔촌이라도 요직에 앉힌다는 건 이 바닥에서 공공연한 비밀인 마당에 취업 준비(=백수) 중이라?

　그는 곽성훈을 두고 금일 그룹 지배층과 우연히 드문 성씨를 가진 청년이겠지, 하고 생각해 버린 것일 터.

　또 거기엔 그 대단하신 곽씨 가문 인물이 굳이 자신과 동석하겠느냐는 자조적인 생각도 한몫했을 것이다.

　곽성훈이 말을 이었다.

"그렇기는 해도 금일 그룹, 특히 계장님이 몸담고 계신 금일 전자에는 저도 흥미가 있어서요."

"그러십니까?"

　사원은 자신이 자부심을 갖고 있는 분야에 흥미를 보이는 청년이 기특했는지 좋은 반응을 보였다.

"예, 알아 두면 나중에라도 취업하게 될 때 유리하지 않겠습니까? 게다가 제가 얕게나마 알기로 품질 관리라고 하면……."

곽성훈은 취업 준비 중이라고 한 것치고는 금일 내부 사정에 꽤 해박한 모습을 보였는데, 사원은 곽성훈의 해박한 지식에 놀라며 기특함을 품을지언정 그에게 다른 꿍꿍이가 있으리란 생각은 추호도 하지 않는 눈치였다.

나는 그 모습을 보며 미래의 금일 그룹 대표는 하루아침에 만들어지지 않은 것이라 생각했다.

'흠, 이런 식으로 아래서부터 자신의 지지 기반을 다져 위로 올라선 건가?'

나는 곽성훈이란 인물을 조금 더 관찰하고 싶었지만―방금 곽성훈이란 이름을 듣고 일부가 우르르 빠져나간 것에 더해―빠진 줄을 채우느라 하는 수 없이 앞으로 향해야 했다.

"성진아."

조세화가 목소리를 낮춰 내게 물었다.

"저 오빠, 혹시 그 사람 아니야?"

그 주어를 에두른 말에도 불구하고 나는 조세화가 말하려는 것이 무엇이었는지 잘 알았지만.

"누구?"

아무것도 모르는 척 고개를 갸웃했다.

"곽성훈 씨."

알고는 있지만 나는 모르는 척을 이어 갔고, 조세화가 말을 이었다.

"모르니? 그 왜, 금일 그룹 집안 사람인데……."

조세화는 내게 한 수 가르쳐 준다는 듯, 목소리를 낮춰 말을 이었다.

"저 오빠가 내가 아는 곽성훈 씨가 맞는다면, 분명 금일 그룹 곽한섭 회장님의…… 뭐라고 하더라? 아, 그래. 종손자(從孫子) 사이야. 정확히는 회장님의 형님인 곽한구 씨의 손자. 곽한구 회장님은 저 오빠에게 작은 할아버지인 거고……."

조세화도 재벌가의 일원이니, 금일 그룹의 곽씨 가문 사정이 어떻다는 것쯤과 호칭에 대해선 또래 남들보다 잘 아는 편이었다.

"그랬구나."

내가 알아들은 척을 하니 조세화가 고개를 끄덕였다.

"뭐, 말로만 들었지, 나도 실제로 보는 건 처음이지만."

"그래?"

두문불출하기로 유명한 곽성훈은 예의 '모임' 같은 곳에도 모습을 드러내지 않는 모양이었다.

"응. 사실 나도 남의 집안 사정이 어떻다는 이야기는 하고 싶지 않은데……."

조세화가 저 멀리 환담을 나누는 곽성훈을 힐끗 쳐다보았다.

"이 바닥에서 들리는 소문으론 곽한섭 회장님 측에서 당신의 형님 쪽 집안사람에겐 아무런 신경도 안 써 준다는 모양이야."

분명 조세화도 속사정을 더 알고 있을 터이지만, 그녀는 일부러 그러는 것처럼 말을 아꼈다.

"뭐래, 그런 것치고는 저 형도 오늘 행사장에 왔잖아? 정말 신경도 안 쓰는 사이면 부르지도 않았겠지."

"얘는."

조세화가 눈을 흘겼다.

"당장 자리 배치부터가 그렇잖아?"

역시 조세화라고 해야 할까, 어릴 적부터 조성광 회장을 따라다녔다더니 보고 들으며 익힌 지식이 상당했다.

'그런 숨은 의도가 있다는 건 나도 이성진을 따라 다니면서 뒤늦게 깨달은 요소였는데.'

조세화가 말을 이었다.

"곽한섭 회장님 자리 근처에 포진한 친인척, 그리고 출구랑 가까운 자리. 다른 상황이면 저기 회장님 계신 자리에서 하하호호 웃으며 이야기를 나누고 있을걸."

실제로 지금 곽한섭 회장 근처엔 예의 요직에 앉은 친인척들이 저마다 자신이 미는 사람들을 데려와 눈도장이라도 찍어 보려고 안간힘이었다.

"너도 참 아까는 다 아는 듯 얘기했으면서."

너무 모르는 척을 했나.

조세화는 가벼운 한숨을 내쉬더니 혼잣말을 중얼거렸다.

"남 말 할 처지는 아니지만…… 그래도 듣던 대로이기는 하네."

조광이 비록 서로가 서로를 죽이게 된 막장 집안 중의 막장이긴 하지만, 그래도 살아생전엔 남들 보기에 서로가 끈끈한 인연으로 얽혀 있던 사이였으니.

그런 그녀 눈에는 가문의 일원에 연좌제를 적용해 누군가를 천덕꾸러기처럼 방치하는 모습이 이상하게 비친 듯했다.

나는 그녀의 말에 대답 없이 고개를 끄덕이면서 속으로 생각했다.

'일종의 본보기지.'

곽성훈의 조부이자 곽한섭의 형님인 곽한구는 '왕자의 난' 때 실각한 이후, 거듭된 사업 실패로 빚더미에 앉아 찾아오는 이 없는 병실에서 쓸쓸한 최후를 맞았다.

세간에서는 그래도 곽한구가 명색이 금일 초대 회장인 곽인회의 장남이라는 위치인 데도 그런 비참한 말년을 보냈다는 것에 꽤나 큰 충격을 받았고, 곽한구의 거듭된 사업 실패에도 곽한섭의 개입이 있었으리라 수군대며 그를 두려워했다.

적을 철저히 짓밟는 그 방식 때문일까, 곽한섭의 동생인 곽한경은 곽한섭의 발아래 납작 엎드리며 그를 거스르려는 의지조차 내보이질 않았고, 그 결과 금일 그룹은 명실상부 곽한섭 일인 통치하의 왕국이 되었다.

사실, 곽한구의 몰락에 곽한섭이 개입했다는 직접적인 증거는 없다.

후일 밝혀진 바이지만, 곽한구가 벌였다가 실패한 사업이란 그 시대에는 허무맹랑한 것들이었고, 정부 시책에도 맞지 않는 것이 대부분이었다.

그러다 보니 근미래에서 나온 어느 분석으론 곽한구는 내버려 두어도 몰락이 예정된 인물이었고, 곽한섭에겐 '곽한구가 어려울 때 손을 내밀어 주지 않았다'는 것에 도의적인 비난을 할 수는 있을지언정 그가 의도적으로 형의 몰락을 획책하지는 않았을 것이란 견해도 있을 정도였는데…….

'뭐가 진실일지는 알 수 없지.'

어쨌건 곽한구의 핏줄이 곽한섭의 눈 밖에 난 것은 분명했고, 손자인 곽성훈 대에 이르러선 그 연좌제도 제법 유해진 느낌인 것도 사실이다.

그러니 곽성훈도 이 영광스러운 자리에 '초대'를 받아 올 수 있었던 것이리라.

"아, 그러고 보니까 여기 너 아는 사람 있어?"

"응?"

"구체적으론 우리 또래."

"너나 김민정 말고는 모르겠는데. 왜?"

내 말에 잠시 어딘가를 보던 조세화는 이내 대상을 놓쳤는지 별거 아니라는 듯 고개를 저었다.

"아니, 아무것도 아니야. 착각이겠지 뭐."

"……싱겁긴."

조세화와 내가 적당히 음식을 주워 담았을 때, 어디 갔는지 보이질 않던 김민혁이 내게 인사를 건넸다.

"아, 거기 있었냐."

"형."

'촌스럽게' 접시 가득 음식을 담은 김민혁은 이어서 주위를 두리번거렸다.

"민정이는?"

"형 찾으러 간다고 했는데요."

"흠, 엇갈렸나 보네."

김민혁은 대수롭지 않은 듯 어깨를 으쓱였다.

"뭐, 애도 아니고 나중에 알아서 오겠지."

김민혁이 말을 이었다.

"그나저나 슬슬 내가 저번에 말했던 형을 소개해 주려고 하는데……. 괜찮아?"

곽성훈 말인가?

마침 멀지 않은 곳에 있다만.

하지만 나는 모른 척 고개를 갸웃했다가 기억났다는 듯 끄덕였다.

"아, 네. 괜찮아요."

잠자코 있던 조세화가 끼어들었다.

"성진이한테 소개해 줄 사람이라니, 누군가요?"

"성훈이 형이라고, 내 먼 친척 형님인데……."

"아."

그 말에 조세화가 고개를 돌려 곽성훈이 있는 자리를 보았다.

"그 오빠라면 저기서 뵌 거 같아요."

"……오, 고마워요."

한 박자 늦게 반응하는 걸 보니, 조세화가 곽성훈을 안다는 것에 묘한 기분을 느낀 모양이었다.

'그녀가 재벌가 아가씨라는 걸 새삼 자각한 거겠지.'

아마 김민혁이 인식하는 것과 조금 다르기는 하겠지만.

"그러면 쇠뿔도 단김에 빼랬다고, 지금 인사하러 갈래?"

"아, 지금은 다른 분과 동석 중이시던데요."

"뭐, 그러면 겸사겸사 그 사람이랑도 안면을 트는 거지."

나도 거기서 김민혁이 사교적인 성격이라는 걸 새삼 깨달았다.

"아 참, 세화 씨도 잠시 어울려 주시겠습니까? 아니면, 자리에 앉아 계시면 제가 얼른 가서 민정이를 찾아오겠습니다."

조세화는 내키지 않는 얼굴이긴 했지만, 그녀도 곽성훈에 대해선 호기심이 이는지 마지못해 동의했다.

"……아니에요. 저도 함께할게요."

"감사합니다."

그 뒤 조세화가 가리킨 방향으로 고개를 밖으로 배꼼 빼낸 김민혁은 이내 미소 띤 얼굴로 성큼성큼 발걸음을 옮겼다.

"형!"

그리고 그는 그 자리에 있는 사원 가족에게 꾸벅 고개를 숙였다.

"안녕하세요. 처음 뵙겠습니다, 김경인 계장님."

김민혁은 당연한 듯 '올해의 우수 사원'이 누구인지를 입에 담았다.

한편 사원은 새로이 난입해 온 쾌활한 청년을 보며 당황했다.

"아, 아, 예."

김민혁은 다짜고짜 그 자리에 접시를 놓으며 말을 이어 갔다.

"괜찮다면 합석해도 되겠습니까? 마침 아는 얼굴도 있고, 여기가 아주 명당인 거 같아서요."

곽성훈보다 구실이 비루하기는 했지만, 잠시나마 자신이 어울리지 않는 자리에서 눈칫밥이나 먹다 돌아갈 것 같단 생각을 했을 사원 본인은 김민혁의 합류를 반겼다.

"그럼요. 물론입니다."

"감사합니다! 아, 너희들도 여기 와서 앉을래? 그래도 되겠죠?"

김민혁은 틈을 놓치지 않고 단박에 사원을 밀어붙였고, 조세화와 나는 엉겁결에 곽성훈을 포함한 이들과 동석하게 되었다.

'김민혁 저놈은 사기꾼을 해도 아주 잘하겠어. 정말.'

조금이나마 눈치를 살핀 나와 달리 조세화는 태연한 얼굴로 자리에 앉았다.

"가족들 계신 자리에 초대해 주셔서 감사드립니다."

방금 전까지 뒷담 아닌 뒷담을 한 곽성훈과 동석하는 것이 어색할 것 같단 내 생각과 달리, 조세화는 여유롭고 우아하게 '사교용 가면'을 뒤집어썼다.

"아, 아뇨."

이 시대엔 나이 어린 상대에 대한 하대가 상투적임에도, 사원은 조세화에게서 배어난 자연스런 기품에 눌린 것인지 아니면 본래 그런 성격인 것인지 자연스레 존대를 해 주었다.

"어차피 제가 전세 낸 것도 아닌데요, 하하."

한결 여유로워진 것일까, 시시한 농담까지 하는 사원을 보며 김민혁이 빙긋 웃었다.

"소개가 늦었습니다. 저는 여기 있는 성훈이 형이랑 친한 동생인 김민혁이고, 여기 귀여운 아가씨는 조세화 양, 건방지게 생긴 꼬마는 이성진이라고 합니다."

늘 하는 생각이지만, 김민혁 저놈은 고용주에 대한 예의가 없다.

'뭐, 이 상황에 나를 삼광 그룹 이태석의 장남으로, 조세화를 현 조광 그룹 최대 주주로 소개하면 어제 먹었던 밥도 엎힐 테긴 하지만.'

조세화는 빙긋 웃었고, 나는 미소 띤 얼굴로 인사했다.

"처음 뵙겠습니다, 이성진입니다."

꼬마의 입가에 묻은 소스를 닦아 주던 사원의 아내가 우리 둘을 번갈아 보더니 김민혁을 보았다.

"학생들이 이런 자리엘 다 오고. 부모님 따라 왔니?"

김민혁이 하하, 웃으며 대답했다.

"뭐, 그런 셈입니다. 저는 이 애들 보모 역할이고요. 제 동생도 있는데 애는 어디 갔는지 보이질 않네요."

"그렇구나."

김민혁은 너도 참 고생이 많다, 하는 식의 공치사를 웃어넘겼다.

이후 김민혁은 타고난 데다 갈고닦은 사교술을 발휘해 자연스레 대화를 주도해 갔다.

한편 곽성훈은 내가 합류한 뒤로는 줄곧 미소를 띤 채 내 얼굴을 지그시 바라보고 있었는데, 내가 슬슬 그 시선을 부담스럽다고 여기려는 찰나 그가 내게 말을 건넸다.

"편하게 말해도 되겠니?"

"아, 네."

"민혁이한테 들었겠지만, 곽성훈이라고 한다."

"네. 아, 저도 형이라고 불러도 될까요?"

"그래 주면 나야 고맙지."

고백하자면, 그가 내게 말을 건 직후부터 나는 묘한 기분에 휩싸여 있었다.

그건 전생과 현생을 통틀어 반백년 가까이 살아온 나조차도 무어라 표현하기 힘든 감각이었는데, 그 위화감을 풀어 내자면 그건 상대를 부드럽게 옭아매는 듯한 감각에 가까웠다.

'이휘철이나 최갑철과는 그 성질이 다르긴 하지만, 이것도 무슨 타고난 카리스마 같은 것인가.'

그건 경계를 늦추면 곽성훈이라는 개인에 흡수되고 말 것 같단 생각마저 드는 감각이었고, 그걸 느끼는 건 이 자리에서 오직 나뿐인 것 같았다.

'아마 곽성훈은 그런 자신의 재능을 잘 알고 있겠지.'

그러니 생면부지의 상대와 합석도 아무렇지도 않게 시도하고 또 해낸 것이리라.

곽성훈이 말을 이었다.

"민혁이한테 들었는데, 사업을 한다면서?"

이 자리에서 그런 이야기를 꺼내도 되나, 싶어 주위를 의식했지만, 어째 우리 테이블에 앉은 모두—조세화마저도—김민혁이 주도하는 이야기에 정신이 팔린 것인지 나와 곽성훈이 주고받는 대화에 귀 기울이는 사람이 아무도 없었다.

'심지어 김민혁은 자신의 이름까지 언급되었는데도 말이야.'

깨닫고 보니 지금은 무언가의 법칙에 의해 '칵테일파티효과'라고 따로 명명되기까지 한 현상마저 배제된 듯했고, 나는 이 군중 속에서 오롯이 곽성훈과 단둘만 남겨진 것 같았다.

나는 그 위화감을 느끼면서도 일단 그 말에 대답했다.

"네, 조그만 회사지만요."

"겸손해할 거 없어. 민혁이한테 들으니까 아주 건실한 회사던데. 벌써부터 그 정도 수완을 발휘한다니 나중에는 어떻게 될지 장래가 기대될 정도야."

나는 그 직접적인 칭찬을 어떻게 받아들여야 할지 몰라 잠시 고민하다가 솔직하게 감사를 표하기로 했다.

"좋게 봐주신다니 감사드립니다."

"응, 하지만."

곽성훈이 살짝 어조를 바꿔 말을 이었다.

"왠지 내가 민혁이의 빈자리를 대신해 네 회사에 들어갈 수 있을 거라는 생각은 들지 않는걸."

"……."

곽성훈이 미소 띤 얼굴로 말을 이었다.

"아마 민혁이가 성진이 네게 나를 너무 높이 평가한 모양이야. 제안은 무척 고맙지만 지금은 달리 하고 싶은 일도 있었고."

곽성훈의 입에서 나온 건 사실상 거절이었다.

나는 왠지 모르게 그 입에서 나온 말에 안도하는 한편, 안도하고 말았다는 나 자신에 놀랐다.

'나는 무의식중에, 본능적으로 그를 경계하고 있는 건가?'

어째서인지 문득, 전생에 이성진이 곽성훈을 두고 평가했던 말이 생각났다.

「뱀 같은 놈이야. 뭐, 독은 없지만, 상대를 칭칭 감아 조인 다음 꿀꺽하고 삼킬 놈이지.」

이성진은 여러모로 개망나니란 평가에 어울리는 후레자식이긴 했지만, 이따금 사안의 본질을 꿰뚫어 보는 듯한 통찰력을 발휘하고는 했다.

「흠, 우리 당숙 어르신(아마 이태준을 말하는 것일 터다) 표현을 빌리자면 용이 되려는 이무기 같은 놈이려나? 하하, 아무래도 이무기가 용이 되기 전엔 이놈 저놈 집어삼켜 가면서 배를 채워야 하는 모양이군.」

그 뒤 이성진은 웃음기를 거두곤 그답지 않게 딱딱해진 얼굴로 중얼거렸다.

「가능하면 엮이고 싶지 않은 놈이기도 하고.」

(마약을 곁들인)술김에 한 말이었고, 이후로 그가 곽성훈에 대한 인물평을 늘어놓는 일은 거의 없었지만 나는 그 말을 방

금 전에 들은 말처럼 생생히 기억하고 있었다.

'……다만, 그게 왜 지금에서야 떠올랐는지는 나도 모르겠군.'

곽성훈을 만나 보기 전까진 전생의 그가 거둔 업적만을 보고 그를 내 사람으로 만들면 좋겠단 생각을 하던 나는, 지금 그를 내 곁에 두는 건 위험한 일이 되었으리란 자각을 하게 되었다.

이를 입장 바꿔 비유하자면, 금일 측이 젊고 정력적인 이휘철을 고용하겠단 심산이나 다름없는 일이라는 것도.

'신발은 신어 봐야 발에 맞는 걸 사는 법이고, 사람은 만나 봐야 아는 법이라더니.'

나로선 지금 곽성훈이 '다른 욕망(아마도 금일 그룹을 차지하겠다는)'에 매진 중이어서 내게 관심을 갖지 않는 걸 감사히 여겼다.

'그게 아니더라도 그를 고용하는 일에 대해선 재고를 해 볼 생각이었지만.'

능력이 부족해서가 아니다.

오히려 그는 내가 생각하는 이상으로 위험할지 모른단 생각이 들었기 때문이었다.

'차라리 지금이라도, 자라기 전에 싹을 밟아 두는 게…….'

나는 순간적으로 나를 물끄러미 바라보는 곽성훈의 시선을 느끼곤 얼른 입을 뗐다.

"아쉽지만 어쩔 수 없네요."

어쨌건, 나는 그에게 속내를 읽힐세라 일부러 어깨를 으쓱였다.

"오늘 처음 뵙긴 했지만 형이라면 분명 민혁이 형의 빈 자리가 생각나지 않을 정도로 해 주실 거라고 생각했거든요."

"하하."

곽성훈이 부드럽게 웃었다.

"좋게 봐 줘서 고마운걸."

곽성훈이 웃으며 덧붙였다.

"그런데 한 가지 지적하자면 성진이랑 난 초면이 아니야."

"네?"

순간 심장이 덜컹하는 기분이었다.

'설마, 예전에 이성진이랑 만난 적이 있는 사이인가?'

그야, 내가 이성진을 만난 건 11세 남짓의 어린 나이이니 그 이전에 그가 어떻게 살아왔을지는 상세히 알지 못하지만.

안일했다, 고 자책하는 사이 곽성훈이 뺨을 긁적였다.

"아무래도 기억 못 하는 거 같네. 하긴, 너무 어릴 때라 그럴 수도 있겠다."

"죄송해요."

"사과할 정도는 아니야. 그냥 그랬다는 거지."

그러면서 곽성훈은 잠시 내 두 눈을 물끄러미 보았는데, 거기서 그 동공이 살짝 위쪽—이를테면 내 이마에 난 흉터

─를 향하고 있는 것 같았다고 하면, 그건 착각일까 아닐까.

곽성훈이 눈웃음을 지었다.

"아무튼 미안하게 됐어. 분명 너라면 무척 좋은 제안을 해 줬겠지만 말이야."

"아니에요. 저야말로 형에게 무턱대고 부담을 드리려 한 거 같아서 면목이 없습니다."

"그럴 거 없다니까. 너무 딱딱하게 대해도 민망하고."

그는 부디 자신을 어렵게 생각하지 말아 달라는 듯 어깨를 으쓱였다.

"나이 차는 조금 나지만, 나도 성진이랑은 좋은 친구가 될 수 있을 거 같거든."

친구라.

일단 그가 나를 당장 '적대'할 생각이 없다는 마음만큼은 가슴에 와닿았다.

"고마워요."

"그래. 그러면 나중에 연락처라도 교환하기로 하고……."

그러면서 그는 고개를 돌려 그 시선을 단상으로 향했는데, 나 역시 그를 따라 자연스럽게 시선을 단상으로 옮겼다.

깨닫고 보니 어느새 실내에 은은하게 흐르던 관현악이 멎어 있었고, 거기엔 나나 조세화 또래의 소년이 바이올린을 들고 서 있었다.

"아, 아."

그리고 소년 곁에 선 그 모친인 듯한, 아니, 모친이 짧은 마이크 테스트를 하더니 고개를 숙였다.

"안녕하세요, 여러분."

단상은 자연스레 사람들의 이목을 끌었고, 그녀가 말을 이었다.

자신은 여기 선 소년의 모친이며, 오늘은 조촐하게나마 이 자리를 빛내고 싶다는 것.

그리고 자신의 아들이 유럽 유수의 바이올린 콩쿠르에서 수상했다는 것 등등 자식 자랑까지.

나는 단상 근처에 있는 자부심 가득한 얼굴의 노인을 보며, 소년이 금일 그룹 임원 누군가의 손주구나 하는 생각과 손주 자랑은 때와 장소를 가리지 않는다고 생각했다.

'곽한섭의 동의도 얻은 모양이고……. 이런 자리에서 손주 자랑이 용인된다니, 금일에서 꽤 신임받는 위치인 모양이군.'

그것도 언제까지일지, 알 수 없지만.

"아, 쟤야."

그때 조세화가 입을 뗐다.

"……쟤?"

나한테 말한 건가?

조세화가 고개를 끄덕였다.

"응, 아까 내가 물어봤잖아? 우리 또래 중에 아는 사람 있냐고."

"아, 그랬지. 기억 나."

"쟤거든. 아까 전부터 너 쳐다보던 애. 아는 사이니?"

알고 자시고, 남들보다 뛰어난 편이라 자부하는 내 기억에도 존재하지 않는 얼굴이었다.

'설마, 이번에도 내가 이성진과 만나기 전에 악연을 쌓은 사이인가?'

나는 일단 고개를 저었다.

"전혀 모르겠는데."

"……흐응."

그사이, 마이크를 건네받은 소년이 입을 뗐다.

"강찬환이라고 합니다. 오늘은 파가니니의 카프리스를 연주하겠습니다."

그러면서 그 녀석은 정확히 내가 앉은 방향을 노려보고 있었는데.

"……아."

왠지, 그제야 알 것도 같단 생각이 들었다.

"이제 기억났니?"

"아, 응. 뭐……. 말을 주고받은 사이도 아닌 데다가 나도 걔가 걘가 하는 정도지만."

"엥?"

이어서, 잠시 조용해진 청중을 향해 녀석이 바이올린을 켜기 시작했다.

무반주 바이올린을 위한 24개의 카프리스 중 24번째.

언젠가 내가 처음이자 마지막인 바이올린 콩쿠르에서 연주했던 곡이었다.

"아까 김민정이 그랬잖아."

나는 음악에 방해가 되지 않도록 목소리를 낮춰 조세화에게 말했다.

"나 바이올린 콩쿠르 나간 적 있다고."

"응, 그랬지."

"그때 대상 탔던 애야."

그래, 내가 '장려상'을 탔던 그 콩쿠르에서 대상을 탄 녀석 이름이 강찬환이었던가 그랬던 기억이 났다.

'금일 그룹의 잘나가는 임원 손주였나. 하긴, 그쯤하면 편애를 받을 만하지. 암.'

하지만 나는 그 녀석과 대화는커녕 인사 한번 나눠 본 적도 없다.

'게다가 순서상 내가 곧장 다음 무대였고.'

그땐 딱히 의도하지 않은 내 재능에 반한 사모의 고집에 한번 져 준단 생각으로 나갔을 뿐이었던 데다가, 어차피 상 욕심도 없어서 한때의 해프닝 정도로만 기억하고 있었는데.

'인연이라면 인연인 건가, 이런 자리에서 보게 되네.'

기억하기론 곧장 녀석의 다음 무대여서 연주를 들어 본 적도 없었는데, 들어 보니 대상을 받을 만하단 생각을 했다.

'흠, 처음엔 웬 임원 손주 자랑을 하나 했더니…… 이런 자리에 세워도 남부끄러울 일 없을 정도로 잘하네.'

그 뒤 연주가 끝났고, 나는 왠지 나를 향해 '봤냐'는 듯 으쓱이는 녀석을 보며 청중들을 따라 박수를 쳤다.

"잘하네."

조세화도 나랑 같은 생각이었던 듯했다.

"나 같은 막귀도 잘한다고 알 정도니까. 그냥 임원 백으로 무대에 선 건 아니구나 싶네."

"그러게."

"응, 조금 미안한 말이지만 성진이 네가 대상을 못 탔더라도 이해가 가."

"하하."

"……얘는. 웃음이 나오니?"

눈을 흘기는 조세화에게 나는 어깨를 으쓱였다.

"뭘. 어차피 바이올린에서 손 뗀 지 오래고, 진지하게 한 것도 아닌데."

"흐응."

"그보단 재능 있는 소년에게 박수라도 더 쳐 주지 그래?"

"……치."

조세화는 이유 모를 심술을 부려 나를 살짝 도발해 볼 생각이었던 모양이지만, 어차피 이 재능에 대해선 별로 큰 애

착도 없던 터여서 나로선 뭐가 어쨌건 아무래도 상관없는 일이었다.

'개인적인 차원에서나 백하윤과의 연결 고리를 위해서나 재능 있는 친구에게 후원 정도는 해 줄 수 있겠지만.'

그리고 모두의 박수갈채 속에서 무대를 내려오면 그만일 녀석이 난데없이 마이크를 쥐었다.

-감사합니다. 여러분.

막상 마이크를 쥐고 나니 괜히 말을 꺼냈다 싶은 기색이던 녀석은 이내 마음을 다잡았는지 다짜고짜 떨리는 목소리를 이었다.

-그런데 이 자리에는 저 말고 바이올리니스트가 한 사람 더 있습니다.

관현악단이 있으니까 한 사람이 아닐 텐데.

-그리고 그는 저 따위보다 더 뛰어난 솜씨를 갖추고 있죠.

뭐, 너도 아직 애는 애니까, 이걸로 밥 먹고 사는 프로에 비하면 아직 좀 그렇겠지.

'응?'

그런데 이거, 돌발 사태인건가?

단상 아래 모친이 안절부절못하며 단상에 올라가려 하고 있었다.

그리고 돌발 사태가 터졌다.

-천화초등학교 이성진.

녀석이 나를 손가락으로 가리켰고, 모두의 시선이 나를 향했다.

'······엥?'

녀석은 곤혹스러운 기색의 모친을 앞에 두고, 그 상태로 말을 이었다.

─괜찮다면 여기서 네 연주를 들어 볼 수 있을까?

음······.

'이건 나조차도 전혀 상정해 보지 않은 사태인데.'

정말, 살다 보니 별의별 일도 다 생기는구나 싶었다.

소년의 그 선전포고를 닮은 선언에 장내의 모든 시선이 나를 향한 상황에서 나는 머리를 긁적였다.

'난처하게 됐군.'

나는 바이올린에서 손을 놓은 지도 제법 오래되었고─애당초 백하윤과 연결 고리를 만들기 위해 한 일이었으니, 목적이 달성된 후로 내가 바이올린을 켤 일은 없다시피 했다─더군다나 이 자리에서 재롱을 떨 생각은 전혀 없었다.

'물론 사전에 협의된 바도 없었고.'

그러니 삼광 그룹의 대리인 자격으로 참석한 내가 저 소년의 무례한 도발에 응할 필요는 전혀 없었다.

하지만 장내의 시선 중에는 내가 누구란 것을 알면서도 이 돌발 상황에 대한 내 대처를 흥미롭게 지켜보는 시선이 둘.

'곽한섭 회장과 곽성훈인가.'

김민혁조차 이 돌발 상황에 당황한 가운데, 이 상황을 말
릴 생각도 않고 흥미진진해하는 곽한섭.

그리고 내 곁의 곽성훈조차 묘한 기대가 가득한 눈으로 나
를 바라보는 중이었다.

'그렇게 나오겠단 거냐.'

심지어.

곽성훈은 빙긋 웃더니 박수를 쳤다.

짝짝짝짝.

곽성훈이 박수를 치기 시작하자, 여기저기서 홀린 듯 박수
소리가 시작되더니 내가 무대에 서는 것이 확정된 듯한 분위
기가 만들어졌다.

'이 인간이…….'

딱히 믿었던 적은 없지만, 옆에 있는 도끼에 발등을 찍힌
기분이긴 했다.

'뭐, 어떻게 보면 나쁘지 않아.'

이는 한편으론 삼광의 이성진이 여기 왔다는 걸 홍보할 가
장 훌륭한 수단이 생긴 것이기도 하니까.

별수 없지.

오늘은 컨디션이 안 좋단 핑계나 대고 저 꼬마의 얼굴에
살짝 금칠을 해 주기로 하자.

내가 자리에서 일어서자 박수갈채는 더 크게 쏟아지기 시
작했고, 나보다 더 당황한 조세화가 목소리를 낮춰 재빨리

물었다.

"지금 뭐 하는 거야?"

"보는 대로지. 잠깐 인사만 하고 올게."

나는 박수갈채와 호기심 어린 시선을 받으며 단상을 향해 걸었고, 그런 나를 보며 소년—그러니까, 강찬환이라는 이름이었지—이 씩 웃었다.

"이번에는 도망 안 갔네?"

나를 언제 봤다고 시비냐.

나는 그 당돌한 도발을 미소로 응대했다.

"도망이라니?"

"너, 그때 이후로 콩쿠르에 얼굴 비친 적 없잖아."

"아하, 그래서 내가 도망 다닌 거라고 생각했어? 자의식이 대단한걸."

"……됐으니까, 바이올린이나 받아."

녀석은 내게 바이올린을 쑥 내밀었고, 나는 예정대로 바이올린을 사양하려 했지만.

'……음?'

처음에는 대충 이 자리를 빌려 자기소개나 하고 창피만 안당할 선에서 마지못해 무대를 마무리 지으려 했다.

내가 바이올린 즉석 연주를 거절해도, 이어질 내가 누구란 자기소개의 파장은 그 한순간의 실망을 덮고도 남을 거란 확신이 있었으니까.

하지만 내 손은 내 의지와 달리 강찬환이 내민 바이올린을 받아 들었고, 나는 바이올린을 쥐자마자 나조차도 이해하기 힘든 묘한 고양감에 휩싸였다.

'이거, 해 볼 만할 거 같은데.'

돌이켜 보면 당시 나는 무언가에 홀린 것에 분명하다.

나는 소개를 시작하지도 않고, 곧장 바이올린을 목과 어깨 사이에 끼운 뒤 현 위에 활대를 얹었다.

강찬환이 이성진을 처음 본 건 CBS가 주최한 콩쿠르 때가 처음이었다.

초등학생을 대상으로 한, 그것도 강찬환의 전공인 바이올린 하나만을 놓고 경쟁하는 것은 아니기에 그 바닥에서도 딱히 권위 있다고 여기는 상은 아니었다.

심사위원석에 앉은 인물들의 면면은 꽤 대단했지만 그것도 어디까지나 방송사가 주최하는 콩쿠르였기 때문이었고, 강찬환 입장에서도 그날은 '스쳐 지나가는' 수많은 대회 중 하나에 불과했다.

내로라하는 최상위 계층은 아니었으나 금일이라고 하는 국내 굴지의 대기업 임원을 조부로 둔 덕에 부족함을 모르고 자란 그는 어릴 때부터 영재 교육을 받을 수 있었다.

남들보다 더 많은 연습량과 나쁘지 않은 재능을 타고난 덕에 강찬환이라고 하면 그 바닥 또래에선 꽤 잘한다는 소문이 났던 인재였고, 강찬환 본인도 자신에게 어느 정도 재능이 있다는 사실은 자각하고 있었다.

그래서 강찬환은 대수롭지 않은 듯, 정해진 일과를 처리하듯 콩쿠르에 참석했다.

하지만 그날 컨디션이 나빴는지, 아니면 자신의 재능에 도취된 어린아이 특유의 자만이 평소보다 연습을 게을리하게 만들었는지, 어느 대학 음악 교수라고 하는 지도 선생님이 고른 곡이 따분했던 것인지, 강찬환은 사소한 실수 몇 가지를 범했다.

'그래도 뭐, 이만하면.'

왜냐면 모두 거기서 거기인 얼굴, 조금 눈여겨보던 또래조차 역시 본인에 비하면 그저 그런 연주를 보였고, 강찬환은 몇 가지 실수가 마음에 걸려 떨떠름하기는 했지만, 어차피 이번에도 대상은 자신의 것이리라 믿어 의심치 않았다.

그래서 강찬환은 자신의 바로 다음 무대에 선, 콩쿠르에 처음 등판한 이성진에 대해선 아무런 신경도 쓰지 않았다.

게다가 이렇다 할 브랜드도 없는 어린이용 바이올린을 들고 와서 어렵기로 손에 꼽는 파가니니의 곡을 연주한다니, 생긴 대로 벌써부터 겉멋만 든 놈이라고 생각했다.

그도 그럴 것이, 파가니니의 카프리스라고 하면 자신을 지도하는 그 어느 대학 교수님조차 젊은 치기로 연주해 본 것이 고작이라고 하지 않는가.

파가니니의 음악은 바이올린 연주자의 무덤이자 장대한 함정. 강찬환은 이성진을 '참가에 의의를 두는' 그렇고 그런 놈들 중 하나라 여기며 무대를 내려갔다.

'어?'

무대를 내려가려던 강찬환의 발길을 붙든 건 그의 연주 도입부부터였다.

얄궂은 이야기지만 강찬환이 이성진의 역량을 알아볼 수 있었던 건 그가 '어느 정도 실력을 갖추고 있기에' 가능한 일이기도 했다.

아는 만큼 보인다는 말이 있다.

이는 곧 다시 말해 어느 정도 경지에 오르면 자신의 위치, 그리고 이와 비교한 타인의 실력과 자신의 실력을 비교적 객관적으로 메타 인지하는 눈(이때는 귀겠지만)이 뜨인다는 것인데, 이제 막 그러한 경지에 다다르기 시작한 강찬환은 이성진의 연주가 예사롭지 않다는 것을, 그리고 그가 소위 말하는 '천재'의 부류에 속한 인물이라는 것을 단박에 깨달았다.

'어떻게 저런 놈이 이제야······.'

강찬환은 대기실로 들어갈 생각도 잊은 채 그 자리에 서서 홀린 듯 이성진의 연주를 들었다.

재능이 다 개화하지 않은 어린애들 콩쿠르에서는 다들 실력과 재능이 고만고만했고, 그들 사이의 우열을 판가름하는 건 누가 남들보다 일찍 시작하고 누가 조금 더 연습했는가에 따른 분류라고 할 수 있었다.

하지만 이성진의 연주는 고작 '한 수 위' 운운하거나 남들보다 연습량이 많았단 식으로 치부할 성질의 것이 아니었다.

그 연주는 어설픈 프로보다 훨씬 뛰어났고, 이성진에 비하면 자신은 취미의 영역에 머무른 아마추어에 불과했다.

세상에 이름을 떨치는 뮤지션이 되는 건, 저런 인물일 것이다.

따지고 보면 그가 어린이용 바이올린을 들고 나온 것도 어디까지나 어린아이의 몸으로 파가니니를 연주해야 하는 자신의 신체적 한계를 '바이올린이 맞추도록'하기 위함이었다.

그에 비해 자신이 해 온 것은 '당연한 듯' 바이올린에 몸을 맞춘 것에 지나지 않았다.

한낱 도구를 쓰는 관점부터가 출발점이 다를진대, 실력도 허세가 아니었다.

얼마 지나지 않아 자신의 패배를 직감한 강찬환은 역설적이게도 마음을 놓고 이성진의 연주를 감상하는 지경에 이르렀다.

그러나 모두의 예상과 달리 대상은 강찬환 본인이었고, 이성진은 고작 장려상에 그쳤다.

심지어 이성진은 시상식장에 모습을 드러내지도 않았고,

강찬환이 내심 존경하던 대한민국 1세대 바이올리니스트인 백하윤마저 자리에 없었다.

자신이 대상을 받은 것에도 그럴 만한 이유가 있다는 건 안다.

이성진은 '원곡에 충실한' 연주를 한 것도, 경연에 걸맞은 곡을 고른 것도 아니었으니까.

하지만 이러한 결과에 납득이 가질 않던 것도 사실.

자신의 주관으로나 관객의 호응으로나 대상은 이성진이 차지해야 마땅한 대회였다.

그간 자신의 성과가 오롯이 본인의 정당한 실력만으로 평가받아 온 것만은 아니라는 걸 어렴풋하게—그리고 그 진실을 외면해 오며—알고 있던 강찬환은 그날 이후 완전한 현실을 깨닫곤 슬럼프 아닌 슬럼프에 빠졌다.

어른들이 보는 건 자신의 배경에 지나지 않았다.

만약 이성진이 이후로도 다른 콩쿠르에 참가하여 다시 한번 경쟁에 붙었다면 모를까, 강찬환은 존재하지 않는 허상을 쫓듯 온갖 콩쿠르에 나가 이성진의 흔적을 찾았지만 그날 이후 이성진은 소문으로도 모습을 드러낸 적이 없었고, 그는 마치 허깨비처럼 여겨지며 모두의 기억에서 잊혀 갔다.

그럴수록 강찬환은 언젠가 이성진에게 본때를 보여 주겠다는 일념하에 파가니니의 카프리스가 자신의 주력이 될 정도로 손에 피가 맺히고 굳은살이 박일 정도로 연습해 왔고,

이는 '의욕에 불이 붙었다'며 좋아하던 지도 교수나 모친이 걱정을 할 지경에 이르렀다.

그 결과 강찬환은 (이성진을 쫓듯)국내 무수한 콩쿠르에서 괄목할 성과를 이루어 냈고, 얼마 전에는 해외에서도 좋은 평가를 받아 냈지만 정작 본인은 이대로 계속하다간 바이올린을 쥘 수 없을 정도의 공허감 속에 지쳐만 갔다.

그리고 오늘.

강찬환은 고대하던 이성진과 재회하였다.

물론 그때에 비해 꽤 웃자랐지만 강찬환은 한눈에 이성진을 알아보았고, 이성진과 함께 돌아다니던 여자애 하나를 붙잡고 그가 자신이 오매불망 찾아 헤매던 이성진임을 확인하기까지 했다.

'여기서 보는구나.'

이후 강찬환은 당초 예정과 달리 파가니니의 카프리스를 연주하며 '어떠냐'는 식으로 이성진의 반응을 살폈다.

'나도 그때의 내가 아니야!'

그렇게 강찬환은 오랜만에 만족스런 연주를 마쳤지만, 이성진은 자신을 알아보지도 못한 듯했다.

'……너한테 난 고작 그 정도냐?'

그런 이성진을 보는 강찬환의 속이 부글부글 끓어올랐다.

한편 강찬환의 모친은 예정과 다른 곡을 연주한 자신의 아들을 보며 안절부절못했지만 자신의 아들은 예상하던 것

이상으로 잘해 냈고, 객석의 반응을 보며 그제야 마음을 놓았다.

'어머, 애가 감사 인사도 할 줄 알고.'

그동안 수상 소감을 말하는 자리에서도 퉁명스레 형식적인 말만 하던 아들이 못내 서운하던 그녀는 강찬환이 자청해 마이크를 쥐고 소감을 말하는 것에 뿌듯한 마음마저 들었던 것도 잠시.

그녀도 예상하지 못한 돌발 상황이 생긴 건 그때였다.

"천화초등학교 이성진."

객석에서 호명된 잘생긴 소년이 올라와 강찬환의 바이올린을 받아 들었을 때에야 그녀는 뒤늦게 이성진을 알아보곤 이 무대를 말려야 한다고 생각했는데.

무대에 오르려는 그녀를 곽한섭 회장이 한 차례 쏘아보는 바람에 모친은 아무것도 하지 못했다.

그리고 이성진이 바이올린을 켜기 시작했다.

'⋯⋯어머.'

이성진은 모차르트를 연주하였다.

재작년, 연주자의 기교가 돋보였던 무대와 달리 부드럽고 안온한 연주였다.

객석의 모두는 어느새 몸을 앞으로 기울여 가며 이성진의 모차르트에 귀를 기울였고, 다들 '제법 잘한다'고 생각하며 옆자리에 앉은 사람들과 잡담을 나눴다.

'괜히 걱정했네.'

뭐, 저 소년도 제법 잘하기는 하지만, 모친의 눈에는 방금 전 자신의 아들이 보여 준 무대가 한 수 위라고 생각하면서 편안한 마음으로 이성진의 연주를 감상했다.

하지만 모두의 마음을 부드럽게 감싸는 그 연주에서, 강찬환만큼은 유일하게 표정이 딱딱하게 굳어 가고 있었다.

마음을 사로잡는 연주.

관념적이고 추상적인, 심지어 관용구로 쓰일 정도로 식상한 이 표현이야말로 모든 음악가의 지향점일 것이다.

이성진의 이번 연주에는 저번처럼 발길을 사로잡고 귀가 번쩍 뜨이게 하는 현란한 초절기교는 없었지만, 청자들로 하여금 눈을 감고 선율에 젖어 들게끔 만드는 묘한 힘이 있었다.

'내 바이올린이 이런 소리를 냈던가?'

강찬환은 자신의 바이올린을 새삼 다시 바라보았다.

이성진의 연주곡은 무대에서 홀로 연주하는 바이올린 독주였음에도 불구하고 무대가 꽉 찬 것처럼 풍성함이 느껴졌다.

이성진의 연주가 아마추어, 아니 바이올리니스트를 지망하는 초등학생 수준의 연주가 아니라는 걸 깨달은 이는 강찬환뿐만이 아니었다.

이 자리에 고용되어 관현악 연주를 하던 프로들 역시 멀거니 서서 이성진의 연주를 감상하는 중이었다.

그리고 잠시 홀린 듯 이성진의 연주를 듣던 강찬환은 이내 깨달았다.

'저 녀석, 나한테 일부러 보란 듯 모차르트를 연주하는 거야!'

이성진의 실력이라면 분명 강찬환이 연주했던 파가니니의 카프리스를 연주할 수 있을 것이다.

몇 해 전에도 해낸 일인데, 지금 그 실력은 더욱 원숙해 있을 것이 분명한데도 이성진은 자신에게 보란 듯 기교를 배제하고 감정을 뒤흔드는 연주를 하고 있는 것이다.

부처님 손바닥 안의 손오공이 이런 느낌이었을까, (실제로는 그냥 그 앞에 모차르트 악보가 있어서 연주하고 있는 것에 불과하지만)이성진은 그간 기교에만 치중했던 자신에게 가르침을 내리는 듯했다.

'나는 아직 멀었구나. 실력으로나 인성으로나……'

솔직히 아무리 이성진이라지만 아무런 준비 없이 무대에 올라섰다면 실수 연발을 하지 않을까 하고 생각했는데, 실수는커녕 그는 자신에게 한 수 가르침까지 내려 준 것이다.

'그것도 내가 망신을 당하지 않도록 일부러 무난한 곡을 골라서……'

이윽고 연주가 끝났다.

청중들은 자신들도 자각하지 못한 미소를 띤 채 박수를 쳤고, 이성진은 허리를 꾸벅 숙여 인사한 뒤 강찬환에게 바이올린을 돌려주었다.

"잘 빌렸어."

"……."

잘하네, 감탄했어, 같은 말을 하고 싶었지만 어째서인지 강찬환은 아무 말도 할 수 없었다.

뒤이어 이성진은 자연스럽게 마이크를 손에 쥐었다.

깨닫고 보니 나는 연주를 마친 상태였다.

'어째, 연주는 괜찮았나?'

객석의 반응을 보니 나쁘지 않았던 모양이긴 한데.

'……그렇다면 다행이고.'

아무래도 내 '본능'은 이번에도 꽤 그럴듯한 연주를 해 보인 듯하다.

'뭐, 연주를 망쳤더라도 상관없긴 하다만…… 역시 조금 깨름칙하기는 해.'

이걸 뭐라고 할까.

솔직히 말하면 바이올린을 연주하는 일 자체는 꽤 즐겁다.

아니, 좀 더 구체적으로 말하자면 바이올린을 연주하는 동안의 나는 극한의 몰입 상태에서 차오르는 트랜스 상태에 돌입하곤 했는데, 나는 그 뒤에 찾아오는 묘한 피로감과 자기 충족에서 오는 달콤함을 즐겼다.

'훗, 이게 소위 말하는 무아지경 같은 건가?'

한땐 그런 자의식 과잉인 생각까지 할 정도로.

그럼에도 내가 취미로라도 바이올린을 손에서 놓은 건, 한때 백하윤의 장단을 맞춰 주며 바이올린을 연주하던 시기, 어느 순간부터 이 트랜스 상태에 모종의 꺼림칙함을 느꼈기 때문이었다.

초반엔 나도 이 극한의 몰입, 세상에 오롯이 바이올린과 나 단둘만이 남겨진 듯한 느낌과 거기에 몸을 맡기는 해방감, 그에 당연하다는 듯 따른 걸출한 성과를 즐겼던 것도 사실이다.

하지만 언제부터인가 나는 그 몰입 상태에서 연주하는 동안 '나'는 사라지고 없다는 사실을 깨달았다.

이를 굳이 비유하자면, 술을 진탕 마시고 필름이 끊겨 내가 전날 밤 뭘 했는지 어렴풋이 기억하게 되는 것과 비슷했지만 꼭 그런 것만은 아니었고.

'그에 따르는 숙취는 없으니 비교할 깜냥도 아니기는 하지만.'

꺼림칙함을 느낀 계기가 된 것은 콩쿠르 이후, 사모의 스승이기도 한 백하윤의 지도를 받던 어느 날이었다.

「성진 군, 이 부분은 감정 과잉이 느껴지는 것 같은데, 비브라토를 줄여 보는 게 어떨까?」

비브, 뭐요?

백하윤이 쓰는 전문용어는 잘 모르겠지만 나는 그 몰입 중에 비브라토라는 걸 했던 모양이었고, 곧바로 이어진 다음 연주에선 '백하윤의 지시대로' 이행한 듯했다.

「좋아요, 사실 비브라토 유무는 취향 차이라고도 할 수 있겠지만 해 보니 훨씬 좋네요.」

본격적인 위화감을 느낀 건 그때부터였다.

지금이야 비브라토가 떨림음을 내는 바이올린 연주 주법이라는 걸 알고 있지만, 당시 나는 비브라토가 무엇인지 알지 못했고, 따라서 내가 그다음 연주에 백하윤의 지시를 따랐다는 것도 자각하지 못했다.

그럼에도 나는 내가 백하윤의 지시를 따라 내게 '존재하지 않는 지식'을 이행했다는 것을 깨닫곤 등줄기가 서늘해지는 듯한 소름을 느꼈다.

'잠깐, 이건 대체 뭐지?'

따지고 보면 이 '(백하윤의 말을 빌리자면)천재적인 자질'은 처음부터 내 안에 잠들어 있었던 것도 아니었고, 이성진의 몸뚱이에 숨어 있던 것도 아니었다.

애당초 이 바이올린 재능은 나나 이성진과 무관한, 제3자의 재능을 일시적으로 빌려 쓰는 듯한 느낌이었다.

그리고 그날의 깨달음에서 내가 가장 불쾌했던 건, 내가 그 '위화감'을 대수롭지 않게 여기고 말았다는 점이었다.

'생각해 보면 이 현상 자체는 경계해야 마땅한 거였어.'

나쯤 되는 인간이 그걸 대수롭지 않게 여기고 있었다는 것에, 무엇보다 화가 났다.

경악에 이은 분노 다음에 찾아온 것은 의문.

나는 어째서 이 기이한 현상을 대수롭지 않게 여겼나?

'……어쩌면 혹시 이건, 내가 이 시대에 전생한 것과 유관한 일은 아닐까?'

그 자체가 이미 시작부터 검증도 실험도 자료 수집도 할 수 없는 불가사의한 일이니, 나도 조금 생각하다가 답이 나오지 않는단 걸 깨닫곤 파고드는 걸 관두기는 했지만.

현상 자체에 대한 고민 정도는 할 수 있었다.

'나를 잊는다는 건, 다시 말해 나라고 하는 자아가 사라진다는 건데.'

이 나이에 뒤늦은 철학적 사유를 할 생각까지는 없었지만, 거기서 '나는 대체 누구인가'하는 의문을 느꼈다.

잠시 이런저런 초보적인 인문학적 담론을 들먹이자면, 실존적 자아란 생각하는 나, 생각하는 나를 자각하는 근원에 있다.

지금은 이성진의 몸뚱이를 빌리고 있지만, 전생의 한성진이 가진 기억을 이어받은 나는 이성진이 아니었고, 현존하는 한성진이 경험한 적 없는 기억을 가지고 있는 나는 이 시대의 한성진과도 별개의 존재로 치부할 수 있다.

그런 생각을 하고 살아서인지 이번 생에 이성진의 몸에서 깨어난 직후부터 (잠시 당황한 걸 제하면)나는 온전히 자아를 유지할 수 있었다.

하지만 그렇다면, 이 몸속에 있는 '바이올린 천재'는 도대체 누구인가?

전생의 이성진도 사모의 영향을 받아 이럭저럭 바이올린을 할 줄은 알았지만, 결코 지금의 나 정도 되는 자질을 갖춘 건 아니었다.

전생의 나는 이래저래 이성진을 따라 각종 연주회며 행사장을 따라다니기는 했지만, 그땐 쏟아지는 졸음을 참느라 안간힘이었다.

그러니 나에겐 귀동냥으로 주워들은 클래식 교양 정도뿐이고, 바이올린을 잡아 본 일이라고는 어쩌다가 이성진의 심부름을 할 때가 고작.

'그렇다고 싸구려 괴담에나 나올 법한 저주받은 바이올린의 영향, 같은 것일 리도 없으니……'

어쨌건 그날부터 나는 이 몸속에 깃들어 있는 바이올린 실력에 께름칙함을 느끼게 되었다.

그걸 자각하고부터 나는 이런저런 핑계를 대 가며 의식적으로 바이올린을 멀리했고, '눈코 뜰 새 없이 바쁜 사업가'라는 명분과 '프로를 지망하지 않는다'는 구실은 내게 바이올린을 멀리하도록 하는 좋은 방패막이가 되어 주었다.

'사모나 백하윤은 서운한 기색이긴 했지만, 당초 취미의 영역을 벗어나지 않는 것이 바이올린을 계속하는 전제였으니까.'

그러던 나였지만, 오늘은 일부러 멀리하던 바이올린을 오랜만에 잡아 보았다.

이유 모를 계기로 있었던 거라면 이유 모를 사유로 사라지기도 할 거란 생각이었는데, 이 뭔지 모를 재능은 아직 어디 도망가지 않고 몸속에 남아 있던 모양이다.

'그리고 예상했던 대로 나는 눈앞의 악보를 보고 연주한 모양이군.'

사실, 당시에는 주위 모든 것을 경계하던 때여서 필요 이상으로 신중했다.

하지만 지금은 많은 것이 내 예상과 엇나가기 시작한 판국이었고, 나 역시 필요 이상의 보신보다는 건곤일척의 상황에 결정적인 수 한 가지씩은 던져야 한다고 생각했다.

'그리고 지금 가장 중요한 건 이 사람들 앞에 내가 누구라는 걸 천명하는 일이니까.'

소기의 목적을 달성한 나는 빙긋 웃으며 강찬환에게 바이올린을 돌려주었다.

"잘 빌렸어."

"……."

어째, 녀석은 멍한 얼굴이긴 했다만.

'내 연주에서 뭘 느꼈건, 그건 내 알 바 아니지.'

그건 내가 의도하지도 않은 일일 것이고, 타인이 뭘 하건 그걸 해석하고 받아들이는 건 본인의 몫이니까.

이어서 나는 마이크를 손에 쥐었다.

－안녕하세요.

나는 미소 띤 얼굴로 입을 뗐다.

－방금 전에는 예정에 없던 연주로 여러분께 불편함을 끼쳐드린 건 아닐지 걱정이네요.

내 말에 여기저기서 재능 있는 귀여운 소년을 보는 흐뭇한 표정이 떠올랐고, 나는 그들을 보며 재차 말을 이었다.

－소개가 늦었습니다. 저는 삼광전자 이태석 회장 대리로 참석한 이성진이라고 합니다.

뭐, 뒤이은 말에 그 각각의 얼굴에서 저마다 형용하기 힘든 표정이 깃든 건 꽤 볼만했다.

－세간에서는 금일 그룹과 삼광 그룹 사이가 나쁘다고 생각하시는 것 같습니다만, 실은 그렇지도 않거든요. 그러니 여러분께서도 아버지를 너무 미워하지 말아 주세요.

내 농담에 몇몇은 웃었고, 임원들의 표정은 딱딱하게 굳었으며. 곽한섭은 의미심장하게 입꼬리를 올렸다.

이후 나는 몇 차례 형식적인 축하의 말을 한 뒤 단상을 내려왔다.

"연주 잘 들었네."

단상을 내려온 내게 먼저 악수를 권한 건 곽한섭이었다.

'이제야 인사를 하는군.'

가까이서 본 곽한섭은 사진에서는 느낄 수 없었던, 내가 이 시대에서 몇 차례 겪어 본 성공한 인물 특유의 막대한 존재감을 뿜어내고 있었다.

'아니나 다를까, 이 사람 역시도 포식계 맹수의 느낌이 드는걸.'

나는 그 존재감에 짓눌리지 않게끔 의식하며 미소 띤 얼굴로 곽한섭의 손을 맞잡았다.

"아닙니다, 회장님. 제가 먼저 뵙고 인사를 드렸어야 했는데……."

여담으로 내가 처음 뵙겠습니다, 따위의 말을 하지 않은 건, 방금 전 곽성훈이 지적한 것처럼 언제 이성진을 보았을지 모르기 때문이었는데.

"아닐세. 초대한 것은 나이니 내가 먼저 인사를 해야지. 사실은 저번에 보았을 때보다 웃자라 있어서 나는 이 잘생긴 소년이 누군가, 하고 한참을 생각했지 뭔가. 하하."

곽한섭의 말을 들으니 그 말을 하지 않길 잘했다고 생각했다.

'뭐, 재벌가끼리 교류란 것도 있을 법하니까.'

나는 빙긋 웃으며 곽한섭의 말을 받았다.

"과찬이십니다."

"조부님은 강녕하신가?"

"예, 염려해 주신 덕분에."

그사이 내가 누구라는 걸 명확히 자각하게 된 사람들은 안 그러는 척하며 힐끗힐끗 이쪽에 시선을 던져 댔다.

"괜찮다면 자리에 앉겠나? 아니지, 일행이 있다고 들었는데…….."

처음부터 다 알고 있었으면서 의뭉은.

"나야 괜찮지만 성진 군에겐 나 같은 노인네랑 동석하는 게 별로 재미없을 거 같군."

흠.

뭐가 됐건 삼광에 이득으로 돌아갈 일은 해 주지 않겠다는 수작인지, 아니면 단순히 떠보려는 것에 불과한지.

'지금은 곽한섭의 생각이야 어쨌건 목표를 향해 나아갈 뿐이지.'

나는 곽한섭의 말에 미소 띤 얼굴로 답했다.

"그럴 리가 있겠습니까. 염치없는 말씀을 올리자면 제 일행도 다른 사람들과 마찬가지로 회장님을 뵙고 인사를 드렸으면 할 정도인걸요."

"흐음."

곽한섭이 고개를 주억거렸다.

"일부러 나 같은 노인네를 만나고 싶어 한다니, 일행이 나이가 좀 있나 보구나."

알면서 그러는 건지, 아니면 정말로 모르고 있는 건지.

나는 하마터면 아무것도 모른 척 시치미를 뚝 떼고 나오는 곽한섭에 말려들 뻔했다.

'아마, 전생의 나였다면 곽한섭의 말을 곧이곧대로 믿었을 거야.'

하지만 나도 이번 생에 거물들을 만나며 성장한 것일까, 나는 그가 은근한 말투로 나를 떠봄과 동시에 이 상황 자체를 그다지 내켜 하지 않는다는 걸 간파했다.

하지만 내 알 바는 아니었다.

'그야 곽한섭도 이 시대의 대단한 인물 중 한 사람이기는 했지만, 내가 그의 호감을 사 봐야 의미는 없는 일이니까.'

이 자리를 파하고 각자 원래 자리로 돌아간 뒤로는 어차피 서로에 대한 감정과 무관하게 피 터지게 싸울 사이다.

그러잖아도 이미 주위에서는 우리 둘이 나누는 대화에 아닌 척 귀를 기울이는 중이었으니, 나는 상황을 이용하기로 했다.

'이거, 참. 새삼 깨닫는 거지만 방금 전 바이올린 무대가 없었더라면 오늘 나랑 인사도 나누지 않았겠군.'

지금은 나를 일방적으로 끌어들인 저 남자애한테 감사를 표하도록 하자.

나는 일부러 멋쩍어하며 곽한섭의 말을 받았다.

"그렇지 않아요. 제 또래이기는 하지만 그 친구는 회장님도 알고 계실 거라고 생각해요."

그 상황에서 내가 조세화의 이름을 입에 담기 직전, 곽한섭은 미소 띤 얼굴로 내 어깨에 손을 툭 얹었다.

"그러면 그 친구를 보러 가 볼까."

곽한섭의 말에 나는 인상을 구길 뻔했다.

'그런 식으로 나오겠다는 건가.'

상황에 따라서이지만 이 경우, 조세화가 그를 찾아오는 것과 그가 직접 군중 속으로 들어가는 건 경우가 다르다.

'회장님의 순방이라고 하는 이슈에 조세화와 내 존재감이 묻힐 수도 있으니까.'

그리고 내가 어떻게 대처하기도 전에 곽한섭은 발걸음을 옮겼다.

'어쨌건 추진력 하나는⋯⋯.'

그가 지나갈 때마다 테이블 여기저기서 엉거주춤하며 자리에서 일어서는 모습은 꽤 장관이기는 했지만.

'약았어.'

곽한섭은 그들에게 눈길을 한 번씩 던져 주며 고개를 끄덕였고, 엉거주춤 일어선 인물들은 그 눈길을 받은 것만으로도 감읍하고 있었다.

그건 예의 '올해의 우수사원'이 있던 우리 테이블도 예외는 아니었다.

상황은 어느덧 '삼광에서 온 이성진과 금일 그룹 회장의 만남'이라는 이슈에서 '몸소 우수 직원을 치하하러 내려오신 회장님'으로 바뀌었다.

'쯧, 이슈를 분산시키는 건가……. 여기가 곽한섭의 영향력이 끼치는 장소라는 걸 간과하고 말았어.'

과연, 회장 자리는 거저 따먹은 게 아니라는 건가.

"잘들 즐기고 있나 모르겠군."

곽한섭은 자연스럽게 우수 사원 김경인 앞에 서며 악수를 권했다.

"축하하네, 김경인 계장."

"아, 아닙니다, 회장님!"

먼발치에서나 보던 회장님이 몸소 찾아와 주시니 사원은 감동에 겨운 얼굴이었다.

"자네 같은 사원이 있어서 우리 회사가 돌아가는 거야."

"감사합니다."

"부인인가?"

"예, 예."

"부인의 내조가 없었다면 김경인 계장의 성과도 없었을 것입니다. 감사드립니다."

사원의 아내는 TV에서나 보던, 그리고 오늘은 먼발치에서 그 존재만을 느끼던 곽한섭 회장의 공치사에 어찌 할 바를 몰라 했다.

"자네 아들인 모양이군."

"예."

"잘생겼어. 자네와 판박이야. 그래…… 공부는 잘하니?"

"네!"

"하하하, 그래. 부모는 자식의 거울이니 어련하겠나, 하하하."

어렵고 딱딱한 인상이던 곽한섭의 수더분한 모습에 그 일거수일투족을 눈으로 좇기 바쁘던 이들은 모두 눈을 반짝여댔다.

'잘들 놀고 있네.'

이 자리에 기자들이 있었다면 이 영광된 자리를 기념하는 플래시 세례가 두 사람에게 쏟아졌을 듯하다.

'그나저나.'

나는 힐끗 그 자리에 있던 곽성훈을 보았다.

그는 자리에 서서 곽한섭을 향해 허리를 굽힌 채라 표정은 알 수 없었지만.

그 모습에서 나는 왠지 모르게 '와신상담(臥薪嘗膽)'이라고 하는 고사를 떠올리고 있었다.

한 차례 공치사를 마친 곽한섭은 고개를 돌렸다.

그는 분명 곽성훈이 눈에 들어왔을 것임에도 불구하고, 그 존재를 인지조차 못한 것처럼 시선을 지나쳐 김민혁에게 눈길을 던졌다.

"민혁이도 왔구나."

"예, 회장님."

"동생은?"

"아하하, 오긴 했는데 얘가 어디 갔는지 보이질 않네요."

김민혁은 그답다면 그답다고 할까, 곽한섭 앞에서도 주눅드는 일 없이 능청스런 면모를 보이고 있었다.

"그래? 오랜만에 얼굴이나 볼까 했더니 어쩔 수 없지."

곽한섭은 김민정의 부재를 대수롭지 않게 여기며 이번엔 조금 딱딱하게 굳어 있는 조세화를 보았다.

"그리고……."

시선을 받은 조세화가 공손하게 인사했다.

"처음 뵙습니다, 회장님. 조세화라고 합니다."

그렇게 말하는 걸 보니 조세화는 그와 초면인 모양이었다.

곽한섭은 잠시 조세화를 물끄러미 바라보다가 고개를 끄덕였다.

"음. 제대로 즐기고 있는지 모르겠군. 별개로 조부님과 부친 일은 안됐네."

역시나, 라고 할까.

그는 조세화의 이름만 듣고서 그녀가 어디의 누구라는 것을 단박에 알아냈다.

"아닙니다. 신경 써 주신 덕분에……."

"혹시라도 내 도움이 필요하거든 언제든지 말하고."

"……네."

곽한섭은 그윽한 미소와 함께 고개를 끄덕인 뒤, 자연스럽게 발걸음을 옮겼다.

"오, 자네는……."

말을 건네며 다음 테이블로 향하는 곽한섭의 뒷모습을 보며 나는 주먹을 꾹 쥐었다.

'……당했다.'

곽한섭은 여기서 이슈거리가 되어야 할 '조광의 조세화'를 '순방 중 스쳐 지나가는 한 사람'으로 치부하는 것으로 내가 이 자리에 온 의도를 원천 배제해 버렸다.

'아마 머릿속에는 이 행사장에 온 인물들 목록이 죄다 기입되어 있을 거야.'

내가 몸소 바이올린을 연주한 보람이랄 것도 없이, 그는 스스로 태풍의 눈이 되어 스스로 이슈를 선점하고 다니며 오매불망 그가 자신을 알아봐 주길 바라는 인파 속으로 걸어가 버렸으니.

'이 상황에 내가 그 뒤를 졸졸 따라다니는 것도 꼴이 우습고…….'

어쩌겠나.

이렇게 된 이상 별수 없이 직접 발품을 팔고 다녀야지.

나는 쓴웃음이 나오려는 걸 참으며 조세화를 보려다가 힐 끗, 이 테이블에서 유일하게 인사를 받지 못한 곽성훈의 면 면을 스치듯 보았다.

'사실상 무시를 당한 것이나 마찬가지인데…… 마치 본인을 포함해 주위 사람들 모두 그걸 인지조차 못한 것 같군. 음?'

곽한섭이 지나간 뒤에야 허리를 편 곽성훈은 그 속내를 읽 을 수 없이 여전한 미소를 머금은 채 다시 자리에 앉을 뿐이 었는데.

'분명, 한순간이지만 살기 비슷한 걸 느낀 기분인데.'

정말로, 찰나라고 할 수 있을 만큼 한순간.

곽성훈은 꿈에 나올까 무서울 정도로 험악한 얼굴을 했다.

'무서워라……. 미래가 어떻게 되는지 아는 나로서는 저 집 안에 명복을 빌어 줄 수밖에.'

하긴, 그런 그이니 내 제안을 일언지하에 거절했다고 하더 라도 이해는 갔다.

'한편으론 나도 길들여지지 않는 맹수를 집안에 들일 뻔한 거군.'

잠시나마 전생에도 몰랐던 곽성훈의 속내를 들여다본 것 같다.

어쨌건 그런 생각을 이어 가는 바람에 나는 이 상황에 대 한 소회를 밝히는 타이밍을 놓쳤고, 우리 테이블은 한동안 곽성훈의 자연스러운 주도하에 직접 곽한섭의 공치사를 받은 사원에 대한 축하를 이어 갔다.

'방금 전에는 그런 표정을 보여 놓곤 손바닥 뒤집듯 감정을 컨트롤할 수 있다니, 여하튼 대단한 놈이긴 해.'

그러다가 나는 곽성훈과 눈이 마주쳤다.

"아 참."

부드러운 분위기 속에서 곽성훈이 내게 말했다.

"성진이 너, 진짜 바이올린 잘하더라?"

"그랬어요?"

이번엔 단상에서 보인 내 연주 이야기로 화제가 옮겨 갔다.

"그러게, 이렇게 잘하는 줄 알았으면 나도 진즉에 들어 보는 건데."

조세화의 말에 나는 어깨를 으쓱였다.

"뭘, 손 뗀 지 오래라서……. 뭐가 어떻게 됐는지 몰랐는데."

이건 진심이다.

나도 내가 바이올린을 잘한다는 자각은 있지만, 얼마나 잘하는지에 대해선 모르는 데다가 연주하는 동안은 무아지경에 빠져 있기 마련이었으니까.

김민혁이 싱글벙글 웃으며 끼어들었다.

"에이, 무슨 말이야? 나 같은 문외한이 듣기에도 엄청 좋았는걸. 우리 사장님, 바쁜 업무 와중에도 바이올린을 손에서 놓지 않으신 모양입니다."

저놈은 아부를 할 생각인지, 놀릴 생각인지.

"뭐, 그런 걸로 쳐 두죠."

그러니 방금 회장님을 영접한 여운에 잠겨 잠자코 있던 사원도 새삼스레 놀라며 대화에 끼어들었다.

"아, 그리고 보니까 방금 무대에서 삼광 그룹……."

"아, 네."

나는 일부러 멋쩍어하며 머리를 긁적였다.

"혹시 경쟁사 사람이라고 하면 불편해하실까 봐 말씀을 안 드렸는데……. 죄송해요."

사원은 '그런 문제가 아닌데' 하고 눈으로 말했지만, 생각한 바를 입 밖에 내지는 않았다.

"그래도 이거 참, 그런 줄도 모르고 난……."

"신경 쓰지 마세요. 오늘 주인공은 계장님이잖아요?"

"흠, 흠, 그런가."

그는 '깨닫고 보니 대단한 사람이 옆에 있었다'는 비일상적인 상황에 당황한 상태라 더 이상 관련한 주제를 말하지는 않았다.

조세화가 고개를 저었다.

"근데 아깝긴 하다. 그 정도 실력이면 너도 콩쿠르 대상, 노려 볼 만했던 거 아니니?"

"이제 와서, 뭘. 어차피 바이올린은 그냥 취미의 영역에만 두기로 해서."

내 대답에 조세화는 그 말 속에 함축된 의미를 읽어 내고는 괜한 말을 했단 식으로 무안해했다.

"……그랬구나."

"신경 쓰지 마. 나는 바이올린보다 사업이 더 좋으니까. 애당초 이것도 어머니 권유로 시작한 거였고."

조세화는 '그래도 아무 애정도 없으면 그 정도로 해내기 힘들 텐데.' 하고 제멋대로 생각한 모양이지만, 나는 굳이 그 오해를 바로잡아 줄 생각은 하지 않았다.

한편, 곽성훈은 여전히 그 속내를 알기 힘든 포커페이스나 다름없는 미소를 띤 채 내게 말을 건넸다.

"그러는 것치곤 프로라고 해도 될 정도였어. 성진이는 다재다능하구나?"

"에이, 그 정도는 아니에요."

나는 형식적인 겸양으로 대화를 넘기려 했지만, 어째 곽성훈은 그쯤에 그치지 않고 그 포커페이스에서도 알아볼 만큼 눈에서 기이한 열기를 띠고 있었다.

"겸손도 과하면 어떻단 이야기도 있잖아? 그래서 말인데, 만약 성진이 너만 괜찮다면……."

곽성훈은 뒤이어 무언가를 말하려다 멈칫하곤 내 어깨 너머로 시선을 옮겼다.

"오, 민정아."

그가 무슨 말을 하려다 만 건지는 모르겠지만, 나는 왠지 나도 모르게 안도하며 곽성훈의 시선을 따라 고개를 돌렸다.

그동안 어딜 갔다 온 건지, 김민정은 어딘가 불편한 얼굴로 나를 힐끗 쳐다보았다가 곽성훈을 보았다.

"성훈 오빠, 안녕하세요."

"아, 민정이니? 못 보던 사이 되게 예뻐졌다."

"⋯⋯네."

김민정은 엉거주춤하며 곽성훈의 인사를 받았고, 그런 김민정을 보며 김민혁이 히죽 웃었다.

"늦었네. 변비?"

김민정은 무표정한 얼굴로 성큼성큼 걸어오더니 손바닥이 찰싹, 하고 김민혁의 등짝을 때렸다.

"아니거든!"

"아니면 됐지, 왜 폭력을 행사하고 그래."

"진짜 폭력이 뭔지 보여 줘?"

"아이구, 무서워라."

한차례 호들갑을 떤 김민혁은 자리에 있던 사원에게 김민정을 소개했다.

"아, 계장님. 이쪽은 제 동생인 김민정이라고 합니다. 민정이 너도 인사해."

김민정은 데면데면한 얼굴로 고개를 꾸벅 숙였다가 내 손목 깃을 슬쩍 당겼다.

"잠깐 괜찮아?"

나한테 뭔가 용건이 있는 건가.

하긴, 어떤 목적을 위해서 생면부지의 누군가와 동석할 수 있었던 나와 달리, 사정을 모르는 김민정에겐 저 테이블은 딱히 어울릴 필요도, 그래야 할 의무도 없는 그룹이기는 했다.

'흠, 아예 이참에 이 자리를 벗어나 사람들을 만나고 오는 것도 나쁘지 않겠어.'

나는 조세화를 힐끗 쳐다보았고, 조세화는 눈치껏 자리에서 일어섰다.

"잠시 실례하겠습니다."

김민혁이 고개를 끄덕였다.

"그러시죠, 그럼."

"네, 그러면 식사 맛있게 하세요."

그러던 김민혁이 고개를 배꼼 뺐다.

"아, 민정아. 어른들 뵙게 되면 인사드리고. 알았지?"

"……알아서 할게."

우리 셋은 그렇게 자리를 떴다.

'나나 조세화가 없는 자리에서 할 수 있는 이야기도 있는 법이지.'

사정을 꿰고 있는 김민혁이라면 나나 조세화가 자리를 뜨고 나서 '실은……' 하고 운을 떼며 내가 에스코트하는 조세화가 누구라는 것을 홍보해 줄 것이다.

당초 금일 그룹 행사에 참석한 목적은 조세화와 내가 '어울려 다니는 것'을 여기 모인 사람들에게 알려 입소문을 퍼뜨리는 데 것이었다.

비록 곽한섭은 이를 눈치채고 몸소 이슈몰이를 하고 있었지만, 돌발 상황을 이용하고자 한 최선의 수가 막혔다면 당초 예정했던 차선을 택할 수밖에.

'그래도 덕분에 나도 꽤 주목을 받고 있군.'

실제로 김민정의 뒤를 따라 걷는 짧은 시간 동안, 여기저기서 나를 힐끗거리는 시선이 느껴졌다.

삼광 그룹 사람이라는 커밍아웃(?)을 해서 그런지 그들에게선 자타공인 라이벌 기업 인물을 향해 은근한 경계가 펼쳐지고 있었지만, 그럼에도 나라는 인물에 대한 호기심까지 막을 수는 없었던 모양이다.

'하긴, 살면서 재벌가 도련님을 볼 일이 얼마나 있겠어.'

게다가 (인정하고 싶지는 않지만)재능 넘치고 잘생긴 소년에 대한 선망이란 동서고금을 막론하고 존재해 온 것이니.

'어쨌건 여기엔 얼굴값도 한몫하고 있는 거지.'

김민정이 안내한 곳은 강찬환이 있는 테이블이었다.

'원래 친구였나?'

강찬환은 김민정이 우리를 데려오길 기다리고 있었는지,

먼발치에서 나를 보자마자 자리에서 일어나 내게 다가왔다.

딱딱하게 굳어 있는 얼굴을 보며 다짜고짜 시비를 걸 생각인가 하고 대비했더니, 녀석은 내게 대뜸 머리부터 숙였다.

"아깐 미안했어."

갑작스런 사과에 나는 되레 당황했고, 강찬환이 고개를 들어 그런 나를 보았다.

"사실 너는 나를 잘 모르겠지만……."

"알아. 재작년 CBS 콩쿠르 때 대상 탔었잖아."

내 말에 강찬환은 눈을 동그랗게 떴다.

"기억하고 있었어?"

딱히 그쪽을 눈여겨보아서도 아니고, 그냥 이 기억력이 자연스레 떠올린 것에 불과한 데다 심지어 처음엔 누군지 못 알아봤다.

'심지어 시상식에도 불참했고, 이 녀석이 대상을 탔단 것도 뒤늦게 스치듯 들은 거였지.'

재능과 열정을 두루 갖춘 소년에게 괜한 말을 하고 싶지 않았던 나는 미소 띤 얼굴로 대답했다.

"뭐, 내 직전 무대였으니까."

"응……."

강찬환은 잠시 멋쩍어했다가 곧 내가 오기 전까지 준비한 말을 하려는지 진지한 얼굴이 됐다.

"사실 나, 그때 네가 대상을 받아야 한다고 생각했어."

"……."

호오, 이거 꽤 싹수가 있는 놈인가.

강찬환이 말을 이었다.

"네가 연주한 카프리스는 거기서 단연 최고였거든. 하지만 심사 결과는 그러지 않았지. 솔직히 말해서 너라면 지금이라도 세계 유수의 콩쿠르를 휩쓸 수 있을 거라고 생각해."

"과찬인데."

"아니야. 여기 모인 사람들은 다들 잘 모르지만, 방금 전 연주도 나보다 월등히 뛰어났어. 그건 아는 사람만 아는 거지. 내가 한 건 기교뿐이었는데 너는 내게 단순한 기교 너머의 경치를 보여 주었어."

"……."

이렇게 솔직한 칭찬을 들으면 나 같은 아저씨라도 민망해지는데.

잠시 뜸을 들이며 망설이던 강찬환이 입을 뗐다.

"한 가지 물어봐도 될까?"

"내가 대답할 수 있는 거라면."

"혹시 바이올린은 그만둔 거니?"

강찬환의 눈빛이 흔들리고 있었다.

"그리고 그건, 재작년에 했던 콩쿠르 결과랑 관계가 있는 거야?"

흠, 아무래도 녀석은 내가 '부당한 심사 결과'에 실망한 내가 음악의 길에 환멸을 느껴 그 길로 바이올린을 관둔 것인 양 생각하는 모양이었다.

'그 자의적이고 과장된 해석을 듣자니 역시 애는 애네.'

게다가 그는 무대에서 한 내 소개를 듣고도 정작 내가 누 군지 잘 모르고 있었다.

오히려 그때 내가 '대상'을 타고자 했다면 그 자리에 있는 모두를 뭉개고 받을 수도 있었을 것이다.

'실제로 백하윤은 그러려고 했지.'

나는 고개를 저었다.

"그런 거 아니야."

"그러면?"

"나는 처음부터 바이올리니스트가 되고자 한 적이 없어. 그날 콩쿠르에 나간 것도 어쩌다 보니 그렇게 된 거였고."

"……."

내 말을 들은 강찬환의 표정이 복잡했다.

'의문, 질투, 분노, 염려 등등 복합적인 감정이 섞인 얼굴 이군.'

내 주변엔 생각한 바를 겉으로 드러내지 않는 애답지 않은 애들만 즐비해 있다 보니, 생각한 내용이 겉으로 곧장 드러 나는 걸 보는 게 외려 신선할 정도였다.

"왜? 그만한 재능을 갖고……."

"집에서 반대하시거든."

강찬환이 눈을 깜빡였다.

"어째서?"

"난 장남이고 가업을 이어야 하니까. 혹시 무대에서 인사할 때 못 들었어?"

아주 약간 에두르긴 했지만, 그걸 못 알아들은 건 아닐 텐데.

그제야 강찬환은 아, 하고 고개를 끄덕였다.

"맞아, 너 삼광 그룹의……."

"응. 지금은 우리 아버지가 삼광전자 회장님이시지. 그래서 나도 한창 경영 공부 중인 거고."

자, 이제 알아들었냐.

하지만 애들 세계에 대기업 총수의 혈통이 어떻다는 건 별로 중요한 일이 아닌 모양인지, 강찬환은 납득하지 못하는 얼굴이었다.

"혹시 형제는 없어?"

"동생들이 있긴 한데."

"그럼 가업을 잇는 건 걔들이 하면 되잖아. 내가 보기에 넌 바이올린에 타고난 재능이 있을 뿐만 아니라 바이올린을 사랑하잖아. 그렇지 않고선 그런 연주를 할 수 없어."

아니, 그 확신에 찬 자의적 해석은 그쯤 해 두지 그래.

'……흠, 잠깐만. 그거랑 별개로 소위 음악 하는 사람들에겐 그런 게 보이는 건가?'

그러고 보면 이따금 사모나 백하윤이 나를 측은한 듯 바라보던 건, 그들도 내가 바이올린에 애정이 있음에도 불구하고 가업을 위해 포기한 것이란 생각을 하는 거였을까, 싶었다.

'그걸 고작 재능이 꽃피지 못해 아쉬워한단 정도로 대수롭지 않게 생각했던 건 조금 반성해야겠군.'

그들이 내게 그런 눈빛을 보인 건 음악적 재능 이전에 나라고 하는 개인의 장래를 걱정한 진심 어린 마음에서 비롯한 거였단 걸 새삼 깨달았다.

'역시 이성진은 어릴 때부터 주위의 넘치는 사랑을 받고 자랐구나.'

그런 생각과 함께.

'……그런 의미에서 나에 대해 자의적 해석을 하는 건 눈앞의 꼬마나 그들이나 다르지 않군.'

약간 냉소적인 견해가 깃드는 건, 내가 이 생애를 한 발자국 물러서서 관조하며 살기 때문일 것이다.

그때 잠자코 있던 김민정이 끼어들었다.

"맞아. 오늘 보니까 실력이 녹슬기는커녕 더 좋아진 거 같더라."

아니, 그건 단순히 신체가 성장해 바이올린이란 도구를 온전히 소화할 수 있게 된 결과가 아닐까.

김민정이 팔짱을 끼고 선 채 강찬환을 힐끗 쳐다보았다.

"실은 나도 저 오빠랑 비슷한 생각이거든."

아하, 그동안 어디 갔나 했더니 강찬환이랑 수작 중이었나.

김민정이 말을 이었다.

"네가 정말 바이올린에서 손을 놓고 가업에 매진했던 거라면 적당한 구실을 대 가며 연주를 사양했겠지. 하지만 너는 그러기는커녕, 마치 기다렸다는 듯 무대를 즐겼어. 그러니 사실은 이성진 너도 짬짬이 연습을 이어 온 거 아니야?"

아니, 손 놓은 거 맞는데.

'음, 아까 전 나한테 바이올린 운운했던 것도 단순히 주위 돌아가는 이야기를 한 게 아니라 나를 떠보려는 거였나.'

김민정은 이어서 걱정스레 나를 보았다.

"만일 그런 거라면…… 나라도 너희 어머님이나 아버지께 말씀드려 볼게. 뭐가 됐건 네가 좋아하는 걸 하는 게 최선이 잖아. 가업도 중요하지만, 아까 저 오빠 말처럼 동생들도 있잖아? 요즘 시대에 네가 장남의 책무를 다해야 한다느니 하는 것도 나는 구시대적인 사고라 생각해."

달갑지 않은 오지랖인 데다가 오해가 섞이기는 했지만, 김민정은 김민정 나름대로 나를 걱정해서 한 일이니 그 말을 전면에서 부정해 주기도 애매했다.

'하긴…… 바이올린을 쥐면 무아지경에 빠져 연주를 해낸단 것보단 저 꼬마들이 해석하는 게 더 현실성 있긴 하지.'

나는 하는 수 없이 거짓말을 했다.

"바이올린에 전혀 흥미가 없다면 거짓말이지만, 나는 그것과 비등하거나 더 좋을 정도로 경영에도 흥미가 있어."

사실 바이올린엔 이번 생에서 생겨난 기이한 재능에 대한 탐구심 정도 흥미뿐이었지만, 그걸 사람들에게 납득시키는 게 더 힘들다.

"그러니까 지금도 싫은 걸 억지로 하는 건 아니야. 그리고 또, 바이올린을 좋아하는 거랑 그걸로 이름을 떨치고 성과를 내는 건 별개의 이야기니까."

"……."

"내 안에선 결론이 난 문제니까, 이 정도면 너희도 나를 이해해 준다고 보는데."

김민정은 내 말을 완전히 납득한 눈치는 아니었지만, 본인 입에서 나온 말을 반박할 의사까진 없는 듯했다.

강찬환의 생각은 다른 것 같았지만.

"그러면 너는……."

"그쯤 해 둬."

조세화가 강찬환의 말을 끊으며 끼어들었다.

"……넌 뭔데?"

"아, 소개를 깜빡했구나. 난 조세화라고 해."

조세화가 사무적인 어조로 말을 뱉었다.

"구체적으로는 조광 그룹의 조세화……라고 하면 알려나?"

"……."

"음, 모르는 것 같네."

조세화는 '애들이란' 하고 고개를 저었다.

본인도 애면서.

"강찬환이라고 했었지? 보니까 너, 조부님이 금일 그룹 임원이신 거 같던데. 아니야?"

"……맞아."

"실례지만 아버지는?"

"금일에 계셔. 아직 임원은 아니지만……."

"아, 그랬구나."

"……그래서?"

"그래서는."

조세화가 코웃음을 쳤다.

"잠시 속물적인 이야기 좀 할게. 넌 네가 먹고 입고 배우고 익히는 모든 게 어디서 나온다고 보니?"

"……."

너무 뻔한 걸 물었기 때문일까, 강찬환은 황망한 기분에 즉답을 하지 못했고, 조세화가 그 틈을 파고들 듯 대신 대답했다.

"맞아. 부모님 재산이지. 게다가 바이올린 같은 고급 취미…… 그래, 취미야. 그리고 네가 받는 바이올린 강습료며, 꽤 대단해 보이는 네 바이올린 비용도 모두 다 네 부모님 재산에서 온 거지."

조세화는 아무 말도 못 하는 강찬환을 보며 어깨를 으쓱였다.

"이건 다시 말해 한 사람의 예술가를 키우기 위한 후원으로 치환해도 되겠네. 그리고 예술이라는 건 잉여 자본에서 나와. 어느 정도 먹고살 만한 상황이 되고, 다른 데 눈 돌릴 여유가 생기면 그제야 추구하는 도락이지. 특히 메인 컬처라 불리는 주류 문화라면 더더욱."

"……."

"어디 보자, 대기업 임원을 조부로 두고 있는 데다가, 아마 아버지도 부장급이실 테니 아마 너는 꽤 풍족하게 살고 있을 거야. 객관적으로 놓고 보아도 연간 소득 분포 피라미드에서 꽤 상위층…… 그리고 이런 고급 취미는 너처럼 여유 있는 집안 사람이 아니면 엄두를 내기 힘든 것이기도 해."

강찬환이 인상을 찌푸렸다.

"그래서 하고 싶은 말이 뭔데?"

조세화도 질세라 딱딱한 얼굴로 그를 쳐다보았다.

"착각하지 말라는 거야."

어딘지 적의마저 느껴지는 그 시선에 강찬환은 주눅이 든 것처럼 저도 모르게 어깨를 움츠렸다.

"갑자기 무슨……."

"너는 네 부모님의 사회적 지위와 재산이 없었다면 손에 쥐어 보지도 못했을 바이올린을 하고 있으면서, 그게 오롯이 자기의 재능과 노력만으로 이룬 성과란 착각을 하고 있잖아. 왜, 소위 예술이라 불리는 걸 하고 있으면 네가 하는 일이 다른 일보다 좀 더 고귀한 거라고 생각해?"

강찬환은 방금 전 조세화에게 위압감을 느낀 자신이 부끄러웠는지 필요 이상으로 크게 반발했다.

"너, 말이 너무……."

"심하다고? 아니, 나는 무척 부드럽게 이야기하는 중이야."

왜, 팥으로 메주를 쑤는 중이라 하지 그러냐.

"너희들은 지금 가장이 된다는 의미를 이해하지 못하고 있어. 아니, 하려고 하질 않으니까 하는 말인 거야."

조세화가 고압적인 태도로 말을 이었다.

"세상 모두가 자신이 하고 싶은 일을 할 수 있는 건 아니야. 성진이가 가업을 이어받지 않으면 동생들이 하면 된다고? 그러면 그 동생들한테 물어는 봤어? 아니면 성진이가 동생들에게 '나는 내가 하고 싶은, 내게 재능이 있는 일을 해야 하니까 네가 대신해'라고 말할 거 같니?"

"……."

"가업을 이어받는다는 건, 그 자체로 큰일이야. 여기엔 바이올린 못지않은 자질과 노력과 열정이 있어야 해. 그리고 자기 자신의 인생만 책임져야 하는 것뿐만이 아니라 몇천,

몇만 명에 달하는 사원들의 생계도 책임져야 하지. 오너가 시장 분석을 게을리하고 선택을 잘못하면 모두가 길거리로 나앉게 되는데, 너희는 그 책임의 무게를 모르니까 쉽게 말하는 것뿐이야."

조세화는 또박또박한 말씨로 쉬지 않고 말을 쏟아 낸 뒤, 가벼운 한숨을 내쉬며 머리를 쓸어넘겼다.

"그러니까 성진이가 짊어질 책임의 무게도 모르면서 쉽게 말하지 않았으면 좋겠어."

"……."

침묵하는 강찬환을 보며 조세화는 이번엔 한결 부드러워진 어조로 말을 이었다.

"뭐, 나도 오늘 처음 듣긴 했지만, 성진이에게 바이올린의 재능이 있다는 건 문외한인 내가 봐도 알 거 같긴 해."

"어, 음."

"하지만 내가 곁에서 지켜본 바로 성진이의 사업가적 역량과 자질은 그 바이올린 솜씨에 준할 정도거든."

그 말에 김민정과 강찬환은 새삼스러워하는 눈길로 나를 보았다.

이야, 이거 부끄럽구먼.

아니 그게 아니라.

"과찬이야."

나는 어깨를 으쓱여 소극적인 겸양을 표했지만, 김민정은 떨떠름해하는 얼굴로 혀를 찼다.

"괜한 걸 했네, 나도."

김민정의 표정과 말씨에서 묻어난 의미는 애답지 않게 복합적이어서, 나는 그 말의 의미를 완전히 파악할 수 없었다.

그녀가 나를 무대에 서도록 종용한 것에 악의는커녕, 선의로만 가득했다는 것 정도는 파악할 수 있었지만.

"……그래도."

강찬환은 조세화에게 얻어맞고도 미련이 남았는지 나를 물끄러미 쳐다보았다.

"네가 바이올린을 본격적으로 한다면 역사에 이름을 남길 수 있을 텐데."

그렇게 말하니 금칠이 과해서 얼굴이 화끈거릴 지경이다.

'흠, 저 녀석의 조부가 금일 그룹 임원 자리에 올라간 건 아부를 잘해서일 거야……. 응?'

격앙된 분위기와 괜한 부끄러움에 눈치채지 못했지만, 깨닫고 보니 이 '애들뿐인' 공간 주위에 제법 많은 인파가 모여 안 그러는 척 귀를 기울이고 있었다.

'오호, 조세화가 어그로를 좀 끌었나 본데.'

그러면 자연스레 그들 역시 조세화가 누구인지 '자기소개'를 들었을 가능성도 높았다.

'하기야, 삼광 그룹 자제분과 함께 다니는 고급스러운 옷차림의 아가씨에게도 자연스럽게 흥미가 가겠지.'

만일 내 나이가 좀 있었더라면 그녀를 여느 졸부가 데리고 다니는 트로피 정도로 취급했을지 모르지만.

나는 '스폰서'로 받아들여지기엔 지나치게 어리고 순수(?)했다.

'어디, 이 분위기를 이어 갈 수 있으면 좋겠는데……. 옳지.'

나는 아까 눈여겨보았던, 세상 돌아가는 일에 관심이 많은 여자가 이 근처를 서성이는 중이라는 걸 눈치챘다.

'그러니까 분명, 곽한경의 며느리였나?'

금일 그룹의 회장 곽한섭에게는 작고한 형 곽한구와 자신에게 충성하는 동생 곽한경이 있다.

그중 (오늘 이 자리에는 없지만)곽한경은 둘째 형님인 곽한섭에게 바짝 엎드린 덕분에 금일 그룹의 일원에 편입될 수 있었고, 곽한경 쪽 친지는 자연스레 금일 그룹의 요직에 발을 붙이고 서 있었다.

그리고 여기 있는 김민정은 그 곽한섭의 외손녀로, 김민정의 모친은 곽한섭의 딸.

마침 잘됐다.

나는 이 틈에 슬쩍 김민정에게 말을 건넸다.

"아 참, 그러고 보니까 민정이 너, 어른들께 인사는 드렸어?"

"응?"

김민정은 새삼스럽단 얼굴로 나를 보더니 고개를 저었다.

"아니, 아직⋯⋯."

"아까 민혁이 형도 그랬잖아. 어른들 뵙고 인사드리라고."

"으음, 그러기는 했지만⋯⋯."

그녀는 별로 내키지 않는단 얼굴이었다.

뭐, 김민정의 모친이 집안의 반대를 무릅쓰고 결혼하는 과정과 결과를 명절 전후로 똑똑히 지켜봐 왔을 그녀이니, 친척들을 보는 게 내키지 않으리란 건 알고 있다.

'그래서 전생에도 김민정 남매는 금일과 되도록 엮이지 않는 방향의 삶을 살았더랬지.'

그건 그거고.

'나도 네 손에 조금 놀아나 줬으니, 너도 일 좀 해 줘야겠다.'

의도했던 대로, 이 대화의 틈을 놓치지 않은 여자가 슬쩍 우리에게 다가왔다.

"어머, 민정이 아니니?"

"⋯⋯아."

김민정은 표정 관리를 잘해 냈다.

"안녕하세요. 외숙모님."

"오랜만이다, 얘. 엄마를 닮아서 미인이 됐네."

"감사합니다."

"그런데……."

그녀가 나와 조세화를 힐끗거렸고, 김민정은 마지못해 그녀의 외숙모에게 나를 소개했다.

"아, 이쪽은 저랑 친구인 이성진이에요."

"처음 뵙겠습니다, 외숙모님."

나는 일부러 능청스럽게, 그리고 이성진의 매력을 숨김없이 발산하는 미소를 지었다.

"민정이랑은 어릴 적부터 친하게 지내고 있어요."

"어머, 어머."

그녀가 호들갑을 떨었다.

"혹시 방금 전 무대에 올랐던…… 아니니?"

처음부터 알고 있었으면서 모른 척하기는.

"하하, 부끄럽지만요."

"어디 보자, 성진이라고 그랬지? 민정이도 참, **외숙모는** 민정이에게 이런 멋진 친구가 있는 줄은 전혀 몰랐는데."

말하는 것과 달리 아마, 여기 오기 전부터 알고 있었을 것이다.

김민정의 집안이 '주제넘게' 삼광 그룹의 이태석 일가와 친분이 있다는 것까지도.

그리고 그녀의 레이더 안에 없었던, 그리고 아까 전 스치듯 그 존재를 알았을 뿐일 조세화에게 관심이 옮겨 갔다.

"그런데 옆에 있는 아가씨는 누구니? 너도 민정이 친구?"

"처음 뵙겠습니다."

조세화가 공손히 인사했다.

"여기 있는 성진이랑 민정 양 친구인 조세화라고 해요."

여담으로 김민정은 조세화의 일방적인 '친구'란 소개에 나에게만 보란 듯 입술을 삐죽 내밀어 보였다.

"그랬구나……. 아, 혹시 조광 그룹의?"

이름만 듣고 어디의 누구란 걸 짚어 내다니, 역시 우리 대화를 엿듣고 있었군.

하지만 조세화는 불쾌한 기색도 없이 태연하게 미소를 지었다.

"네, 얼마 전까지 저희 할아버지가 회장으로 계셨어요."

"음, 아, 그러면 혹시 얼마 전에……."

그녀는 조세화를 향해 멋대로 동정 어린 말과 시선을 보냈다.

"할아버지에 이어 아버지까지, 안됐다, 얘. 아직 한창때인데. 쯧쯧."

"……염려해 주셔서 감사드립니다."

사정 모르는 타인의 섣부른 동정을, 그것도 진심 어린 걱정이 아닌, 흥미 본위와 호기심 해결만을 목적으로 한 접근은 무척 불쾌한 일일 것이나, 조세화는 각본대로 흐트러짐 없이 비련의 여주인공을 잘 연기해 냈다.

'아니, 전혀 흐트러짐 없다는 건 아닌가.'

뒤로 돌린 조세화의 손은 핏기가 하얗게 사라질 정도로 주
먹을 꼭 쥔 채였다.

'그리고 지금은 그걸 감내하는 중이고.'

나는 슬쩍 조세화 뒤로 다가가 그녀의 손을 가렸다.

"그래서 오늘은 마침 초대받은 김에 바람이나 쐴까 해서
데리고 왔어요."

"성진이가?"

"네, 저희 친하거든요. 또 할아버지께서 제게 부탁하신 일
이기도 하고요."

"할아버지…… 이 휘자 철자 되시는?"

"네, 맞아요. 아주 신신당부를 하셨거든요."

이런 식으로.

우리는 행사장을 돌아다니며 꼬리에 꼬리를 무는 소문의
단서를 흘리고 다니기 시작했다.

어디로 갔나 했더니.

나는 행사장에 붙어 있는 테라스에서 빈 벽에 손을 짚은
채 가만히 서 있는 조세화를 발견하곤 그곳으로 갔다.

"괜찮아?"

조세화는 그 상태로 고개를 돌려 나를 보았다.

"아, 미안. 잠시."

조세화는 숨을 고른 뒤 말을 이었다.

"조금만 쉬었다 갈게."

그녀는 행사장에서 자신에게 쏟아지는 관심과 피상적인 동정에 분노와 수치심을 견디느라 얼굴이 파리했다.

조세화가 어디의 누구라는 걸 사람들이 알게 된 이상, 그녀는 행사장에 모인 이들의 관심을 한 몸에 받았다.

어떤 의미에선 나나 곽한섭보다도 더한.

이 시기 상류 사회에서, 조설훈 일가의 미스테리한 죽음은 더없는 가십거리였다.

그들은 저마다 근거 없는 이야기와 낭설로 속한 커뮤니티 내에서 소문을 부풀려 왔고, 그 출구 없는 천박한 호기심은 때마침 나타난 소문의 당사자와 함께 화려한 폭죽을 터뜨렸다.

'힘들기는 하겠어.'

그러잖아도 '진범'의 정체를 찾느라 고군분투 중인 상황에, 이렇다 저렇다 들으란 듯 멋대로 떠들어 대는 수군거림은 조세화의 가슴을 비수처럼 찔러 댔을 것이다.

'그건 남 일에 대해 떠들기 좋아하는 김민정의 외숙모보다 더하면 더했지 덜하지도 않았고.'

그나마 다행인 건, 자리를 피해 있는 그녀에게 울음의 흔적은 없었단 점이었다.

'예나 지금이나…… 어린 나이라 하더라도 강인한 건 매한가지군.'

나는 일부러 가지고 온 차가운 주스를 조세화에게 건넸다.

"참기 힘들면 말해. 이만해도 충분하니까."

"아니야."

조세화가 주스 잔을 받으며 쓴웃음을 지었다.

"어차피 이럴 거 알고 온 건데, 뭘. 막상 겪어 보니 실전은 다르네, 싶긴 하지만."

조세화는 주스를 한 모금 홀짝였다가 한동안 가만히, 호텔 뒤쪽에 자리 잡은 정원을 내려다보았다.

"하나 물어봐도 돼?"

"뭔데?"

"성진이 너, 실은 바이올린 하고 싶었니?"

애까지 왜 이럴까.

나는 픽 웃고 말았다.

"아니야. 바이올린은 정말로 손 뗐어."

"정말?"

"응. 오늘도 오랜만에 잡아 본 거거든. 연주도 거기 있던 악보 보고 즉석에서 한 거고."

"……."

"아, 물론 이런 말을 남들 앞에서 하면 재수 없단 소릴 듣기 일쑤인 데다가 전도유망한 바이올린 소년의 기를 꺾을까 봐 아닌 척하긴 했지만."

"……."

"그래서 모차르트를 연주했던 거야."

"……풋, 하하, 아하하하!"

잠시 조세화가 깔깔대며 웃었다.

"그거 아니? 방금 그 말, 정말 재수 없다는 거."

나는 어깨를 으쓱였다.

"말했잖아, 재수 없단 소리 들을 거라고."

"그래그래, 바이올린 천재 이성진 씨. 정말, 범인들은 범접하지도 못하겠어. 상식 밖이야, 정말."

조세화는 쿡쿡 웃어 대며 주스를 한 모금 마셨다.

주스 잔에서 입을 뗀 조세화는 차분한 어조로 말을 이었다.

"그래도 아까 걔들이 네 걱정하는 것도 이해는 가. 그만큼 네 재능이 진짜배기란 걸 테니까."

조세화는 방금 내 말에 거짓이 없음을 꿰뚫어 본 모양이었다.

"휴우, 남이 질투할 정도의 바이올린 재능까지 타고났다니……."

한 차례 픽 웃으며 말하곤, 조세화가 웃음기를 거두며 중얼거렸다.

"생각할수록 세상 참 불공평하네."

소주 한잔하며 뱉으면 좋을 법한 말을 하면서 조세화는 주스를 마저 들이켰다.

"……뭐, 그렇게 따지면 남들 보기엔 금수저를 입에 물고 태어난 것부터가 그런 거라고 할 수도 있긴 하겠지만."

조세화의 중얼거림에 나는 아무런 대꾸도 하지 않았다.

밤은 깊어 갔지만, 이 시대에도 서울 하늘에 별은 보이지 않았다.

'조세화는 필요 이상으로 중압감을 짊어지고 있군.'

조금 내려놓아도 될 텐데, 하고 생각했지만.

'그럴 수 없는 거겠지.'

아까 전 행사장에서 김민정과 강찬환에게 쏟아 냈던 독설은 그녀의 진심이 담겨 있었을 것이다.

'이 상황에 조세화 본인이 느끼고 있을 부담감과 두려움이 축약된 것이기도 하지.'

오히려 부담감으로만 따지자면 지금은 중견 기업인 SJ컴퍼니와 그 자회사만을 책임져야 할 나보다 대기업인 조광을 책임져야 할 운명인 그녀가 더하면 더했지, 덜하지는 않으리라.

게다가 고백하자면, 나는 조세화만큼 진지한 태도로 경영을 바라보고 있지는 않다.

나는 어쨌건 기업에 속한 사원들의 생계까지 책임져야 한다는 책임감까진 갖고 있지 않으니까.

'그렇게 보자면 조세화야말로 오너의 자질을 타고났다고도

볼 수 있겠군.'

이런 분위기여서 그런지, 문득 생각하고 말았다.

'⋯⋯전생의 이성진은 자신이 하고 싶은 걸 하며 살았을까?'

개망나니처럼 살았던 이성진이니 죽기 직전까지도 저 하고 싶은 걸 다 누리며 살았다고 생각했지만.

'그놈도 어쩌면, 본질은 조세화와 다르지 않았을지도 모르겠어. ⋯⋯어쩌면.'

나는 죽은 이성진을 떠올리며 그 알 길 없는 속내를 생각했다.

3장

행사장 구석에서 서성이는 곽성훈에게 한 사내가 다가와 슬쩍 말을 건넸다.

"회장님께서 한번 뵙자고 하십니다."

그는 그 말을 전하고는 발걸음을 옮겼고, 곽성훈은 마시던 음료를 내려놓곤 그 사내의 뒤를 따랐다.

사내는 행사장과 맞붙어 있는 방 두세 개를 지났다.

그러며 그들은 어느 남자와도 스치듯 지났다. 곽성훈의 기억 속에 그는 금일의 임원 중 한 사람이었다.

이윽고 사내는 어느 방 문 앞에 멈춰 서더니 노크를 두 차례 했다.

"들여라."

안쪽에서 곽한섭의 목소리가 들리고, 곽성훈은 사내가 열어 준 문 안쪽으로 발걸음을 디뎠다.

"부르셨습니까, 회장님."

곽성훈이 정중히 허리를 숙였다.

작은할아버지가 아닌, 회장님.

둘의 거리감이 느껴지는 호칭이었다.

담배 연기와 위스키 향이 물씬한 그곳엔 곽한섭이 온 더락 위스키 한 잔을 팔걸이에 놓은 채 의자에 앉아 있었다.

"앉아라."

곽성훈은 자신을 데리고 온 사내가 문을 닫고 선 걸 의식하면서 곽한섭 맞은편 자리에 앉았다.

바깥의 시끌벅적한 소음은 이 밀폐된 방에서 정적으로 변했다.

곽한섭은 크리스틸 잔에 얼음 몇 조각을 넣은 뒤 위스키를 따라 곽성훈에게 건넸다.

"감사합니다."

곽성훈은 잔을 받아 몸을 돌려 한 모금 마셨고, 곽한섭은 그가 잔을 조금 비우길 기다렸다가 입을 뗐다.

"오늘은 어쩐 일이더냐."

행사장에 찾아 온 손님에게 호스트가 할 말은 아니었다.

적의가 느껴질 정도는 아니지만 깨끗이 청소한 방 한구석에 벌레가 기어 다니는 걸 본 정도의 경계심이 느껴지는 투였다.

하지만 곽성훈은 대수로운 일이 아니라는 듯 미소 띤 얼굴로 곽한섭의 말을 받았다.

"회장님을 뵌 지 오래라는 생각이 들어 인사라도 드리고자 찾아뵌 것뿐입니다."

그 예의바른 말에 곽한섭이 픽 웃었다.

"하필이면 오늘?"

"……."

"뭐, 됐다. 어차피 네가 대고자 하면 오만 가지 변명을 늘어놓을 수 있을 테니까."

곽한섭은 위스키를 한 모금 마신 뒤, 잔을 탁자에 놓았다.

"그러면 이렇게 물으마. 김민혁을 부추겨 이성진을 여기 초대한 까닭이 뭐냐?"

곽한섭의 말에 곽성훈은 빙긋 웃었다.

"죄송합니다. 저는 회장님께서 무슨 말씀을 하시는 건지 잘 모르겠습니다."

곽한섭이 미간을 찌푸렸다.

"나도 꽤 얕잡아 보인 모양이군."

"……."

"시치미 떼지 마라. 네가 네 숙부나 고모들에게 김민혁이 이성진과 연줄이 닿아 있다는 걸 넌지시 알리고 다녔단 것쯤은 내 귀에도 들어온 이야기니까."

"회장님, 오해가 있으신 것 같습니다."

곽성훈이 당황하며 그 말을 받았다.

"민혁이가 SJ컴퍼니의 임원으로 재직하고 있다는 건 이미 가문 내에서 널리 알려진 이야기입니다. 하물며 어찌 제가 그런 소문을……."

"됐다."

곽한섭이 입매를 비틀었다.

"이번엔 속아 넘어가 주지. 어차피 그 정도 소문이야 네가 나서지 않아도 언젠가 누군가의 귀에 들어갔을 테니까."

"……."

"그러면, 오늘 이성진이나 조세화와 동석해 무언가 이야기를 하였으렷다. 그들과 무슨 이야기를 하였느냐."

그 앞에서 거짓말을 해 봐야 제 무덤만 팔 일이다.

그걸 잘 알고 있는 곽성훈은 사실대로 말했다.

"민혁이가 군대 문제로 SJ컴퍼니 임원직을 사퇴하게 되었습니다. 그리고 이성진은 저에게 그 빈자리를 대신해 줄 수 없겠냐는 제안을 하였습니다."

"흠."

곽한섭이 히죽 웃었다.

"네 대답은?"

"거절하였습니다."

"왜지?"

"저에게는 과분한 자리라고 생각했습니다."

곽성훈의 대답에 곽한섭이 웃었다.

"하하, 과분한 자리라? 김민혁도 하는 일을 네가?"

"……."

곽한섭은 끌끌 웃으며 의자에 등을 붙였다.

"그래, 아무튼 네가 그렇다고 하니 그런 걸로 치고, 뭣 좀 물어보자."

"예, 회장님."

"네 생각에는 오늘 이성진이 조세화를 여기 데려온 까닭이 무엇인 것 같으냐?"

곽성훈은 잠시 뜸을 들였다가 대답했다.

"사람들에게 조광과 삼광의 친분을 과시하고자 함이라 생각했습니다."

곽한섭이 계속해 보라는 듯 눈치를 주자 곽성훈은 차분한 어조로 말을 이었다.

"그리고 삼광은 이후 이성진과 조세화를 통해 조광과 합자 회사를 구축하려 함이 아닐까요."

"그래. 너라도 그건 꿰뚫어 보는구나."

"……."

곽성훈을 칭찬하는 곽한섭의 입가에 지은 미소엔 왠지 모를 씁쓸함이 묻어 났다.

자신이나 곽성훈의 눈에 뻔히 보이는 수작질을 그 자리에 모인 자신의 자식들은 알아보지 못한 이들이 태반이었다는 걸, 그리고 곽성훈은 그걸 알아보고 있었다는 것에서 곽한섭은 자조하고 있었던 것이다.

만약 곽성훈이 자신의 손주였다면, 아니 형님인 곽한구의 손주만 아니었던들, 곽한섭은 곽성훈을 후계자로 낙점했을 것이다.

'하필이면.'

그 자조도 잠시, 곽한섭은 미소를 거두고 무표정한 얼굴을 했다.

"네게 제안을 하마."

곽한섭이 말을 이었다.

"돌아가거든, 앞서 한 이야기를 돌려 이성진 아래로 들어가라."

제안이라고 했지만 이는 사실상 거절할 수도, 타협할 수도 없는 명령이었다.

이 '제안'을 거절하거나 조건을 붙이고자 한다면 곽성훈은 대한민국 땅에서 발붙이고 살 수 없을 것이라는 것을 알고 있었다.

그래서 곽성훈은 고개를 꾸벅 숙였다.

"그러겠습니다."

"……녀석."

곽한섭은 씩 웃었다.

"아무리 그래도 이야기는 끝까지 들어 보고 결정할 것이지."

"무엇이 되었건 회장님의 분부이니 저는 따를 것입니다."

"……좋다."

곽한섭은 딱딱한 얼굴로 고개를 끄덕였다.

"오래 할 필요는 없다. 삼광이 조광을 집어삼키는 일 만큼은 막아야지. 계열사 중 한 곳에 네 자리를 비워 둘 테니 너는 적당히 커리어나 쌓고 오거라."

그 뒤 곽한섭이 눈짓을 하자 곽성훈은 손에 든 위스키를 단박에 비웠다.

"그러면 이만 물러가 보겠습니다."

"그래."

곽성훈은 자리에서 일어나 그에게 정중히 인사한 뒤 방을 나섰다.

등 뒤로 문이 닫히는 소리를 들으며 곽성훈은 아무도 모르게 입가에 미소를 지었다.

계획대로였다.

누가 나서서 '오늘은 여기까지'라는 말도 하지 않았건만, 행사는 서서히 마무리를 지어 가고 있었다.

관현악단도 이미 철수했고, 장내엔 그들이 연주하는 생음악 대신 스피커에서 나오는 클래식 곡조가 빈자리를 대신했다.

장내를 꽉 채우고 있던 머릿수도 드문드문 줄어들었고, 개중엔 알코올이 들어가 불콰해진 얼굴로 목소리를 높이는 이들도 있었다.

'나도 슬슬 돌아가 볼까.'

공식적인 폐장 소식에 맞춰 발걸음을 하면 인파에 몰려 우르르 빠져나가야 할 테고, 그건 꽤 멋없는 일이다.

결국 곽성훈을 영입하고자 한 건 무산되었지만, 나와 조세화가 어울려 다니는 걸 홍보(?)한다는 소기의 목적은 달성했고.

'게다가 조세화도 지금 정신적으로 한계야.'

그러잖아도 조세화의 웃음에는 지인만이 아는 피로감이 잔뜩 묻어나 있었다.

"이만 돌아갈까?"

내 말에 조세화는 반색했다가 얼른 표정을 고쳤다.

"이만하면 된 거 같니?"

"충분하지. 이 정도면 주식시장에 영향이 갈 정도일걸."

"성진이 네가 그렇게 말한다면야."

조세화와 잡담을 나누며 슬슬 출구 방향으로 발걸음을 떼고 있으려니, 어디 있었는지 잠시 보이질 않던 곽성훈이 다가왔다.

"이제 가 보려고?"

나는 그가 방금 전 우리 대화를 엿들었나 싶어 움찔할 뻔했지만, 꽤 멀리서부터 다가왔으니 그런 것 같지는 않았다.

'뭐, 조금만 눈치가 빨라도 조세화 표정을 보면 알 수 있는 일이긴 하지만.'

나는 미소 띤 얼굴로 곽성훈의 말을 받았다.

"네, 형. 이제 밤도 깊었고…… 이제 돌아갈까 해요."

"그렇구나."

곽성훈이 고개를 끄덕인 뒤, 조세화를 힐끗 살피며 말을 이었다.

"잠시 괜찮을까?"

"아, 네."

나는 조세화에게 눈치를 준 뒤, 곽성훈과 단둘이 조금 한적한 곳으로 자리를 옮겼다.

'담배 냄새가 조금 나는군. 곽성훈이 흡연자였던가?'

곽성훈은 내게 음료를 한 잔 권한 뒤 우물쭈물하다가 입을 뗐다.

"혹시, 아까 했던 이야기 아직 유효해?"

"네? 아까 했던 이야기라니, 어떤…….'

"성진이 네 회사에 들어가는 거."

오호라.

이제 와서 생각이 좀 달라지셨나.

나는 웃음이 나오려는 걸 꾹 참으며 곽성훈의 말을 받았다.

"그럼요. 형에게는 얼마든지 열려 있죠. 형만 괜찮다면요."

"그래?"

곽성훈이 미소를 지었다.

"그러면 염치없는 일인 줄은 알지만…… 부탁해도 될까."

"좋죠. 그런데 한 가지만 물어봐도 될까요?"

"얼마든지."

나는 주위를 살핀 뒤, 듣는 귀가 없는 걸 확인하곤 말을 이었다.

"별거 아니기는 하지만…… 지금은 어째서 생각이 바뀐 건지 들어도 괜찮을까요?"

곽성훈은 내 말에 잠시 뜸을 들였다가 대답했다.

"솔직히 말하자면, 네 바이올린 연주를 듣고 생각이 변했어."

"제 바이올린 연주요?"

나는 그게 계기가 되었단 곽성훈의 말에 내심 당황했다.

그 자체는 별거 아닌 해프닝에 불과한 건데.

"저희 회사가 예능계에도 진출해 있긴 하지만 그렇다고 제 바이올린 솜씨를 살려 경영에 도입해 볼 생각은 전혀 없었는데요."

"그래서야."

곽성훈이 대답했다.

"그 정도 재능과 열정이 있는데도 그걸 어떻게 이용해 보려 하지 않은 점."

"……."

"사람들은 자신에게 있는 타고난 재능을 어떻게든 살려 보려고 생각하기 마련이지. 하지만 너는 네 입으로 말했다시피 타고난 재능을 경영에 이용할 생각은 전혀 하지 않았어."

곽성훈이 말을 이었다.

"그렇다는 건 네가 상황을 객관화할 줄 안단 이야기고, 무엇에 우선순위를 둬야 하는지 생각하고 있단 것이기도 해."

"과찬이에요."

내 말에 곽성훈은 고개를 저었다.

"아니. 말처럼 쉽지만은 않은 이야기야. 취미와 업의 경계를 명확히 구분할 수 있는 사람은 많지 않거든."

"……."

"그리고 난 그 정도면 네가 바이올린 못지않게 경영에도 진심이라고 생각했어. 그건 단순히 누가 시켜서, 집안이 그러니까 하는 수 없이 하고 있다면 좀처럼 행할 수 없는 일이거든."

곽성훈은 남들처럼 내 바이올린 솜씨를 꾸준한 연습이 밑바탕이 된 것으로 오해하는 모양이었다.

'하긴, 연주하는 스스로도 이해할 수 없는 재능이라는 것보단 합리적인 해석이긴 하지.'

곽성훈이 뺨을 긁적였다.

"건방진 소리지만, 사원 입장에서는 고용주의 성향이 어떤지 알아야 인생을 맡길 수 있겠지. 그래서 너는 염치없다고 생각할 수도 있지만 그걸로 생각을 고쳐먹게 된 거야."

곽성훈의 말은 내가 듣기에도 꽤 설득력이 있었다.

곽성훈은 내 제안을 거절한 뒤로도 나를 신중하게 관찰하며 저울질을 해 보았단 의미였고, 나는 예기치 못한 해프닝이라고만 여긴 것이 곽성훈을 영입한단 결과로 이어졌다는 행운에 감사하기로 했다.

'내가 아는 곽성훈이라면 그럴 만하지.'

나는 속내를 감추며 고개를 저었다.

"아니에요. 회사만 사람을 고를 수 있는 권리가 있는 건 아니니까요. 형이라면 분명, 저희 회사가 마음에 드실 거예요."

곽성훈이 빙긋 웃었다.

"이젠 '저희'가 아니라 '우리' 회사겠지?"

"하하, 그러네요."

나는 이대로 축배를 들고 싶었지만, 미성년자라는 현실을 새삼 자각해야만 했다.

'어쨌건 아무런 성과도 없는 하루는 아니었군.'

이로써 잠재 능력 면에서 둘째가라면 서러워할 곽성훈이

내 아래로 들어왔다.

어쩌면 호랑이를 내 집안에 들이는 일이 될지도 모른다.

'그러니 곽성훈을 완전히 믿고 모든 걸 맡기지는 않겠지만.'

하지만 그럼에도, 나는 일단 곽성훈의 영입을 자축하기로 했다.

'어쨌거나 금일 그룹에 한 방 먹여 줄 거라는 생각 자체는 그나 나나 마찬가지이거든.'

4장

다들 이런 '행사'에는 이골이 난 것인지, 호텔 정문 앞엔 우리 말고도 꽤 많은 인원이 차를 타려 대기 중이었다.

조세화는 저만치서 다가오는 자신의 차를 확인하고는 나를 돌아보았다.

"그럼 먼저 가 볼게."

"그래. 오늘 수고했어."

"정말이야."

조세화가 웃었다.

"지금 집에 돌아가면 바로 쓰러져 잠들 자신이 있을 정도로."

"뭐…… 화장은 지우고 자. 어리다고 방심하지 말고."

"얘는, 말이 그렇다는 거지. 아무튼."

차가 조세화 앞에 멈춰 서는 바람에 조세화는 환담을 마쳤다.

"나중에 연락할게."

"그래. 들어가."

그리고 조세화는 조금 뚱한 얼굴인 김민정에게도 인사를 잊지 않았다.

"민정이도. 다음에 또 보자."

"……네, 언니."

김민정은 뒤늦게 고개를 살짝 숙였는데, 행사 막바지엔 둘이서 따로 이런저런 이야기를 나누던 것으로 보아 둘은 오늘 처음 만난 사이치고는 꽤 친해진 모양이었다.

'서로 못 잡아먹어서 안달인 것보단 낫지.'

조세화는 세단 뒷좌석에 올라탔고, 차는 그대로 호텔 앞 순환도로를 돌아 길가로 빠져나갔다.

"흐음."

김민정은 한숨인지 콧소리인지 모를 소리를 내더니 고개를 돌려 나를 보았다.

"이제야 조금 끝났단 실감이 나네."

나는 조세화가 탄 차를 눈으로 좇으며 김민정의 말을 받았다.

"끝은. 이제 시작인데."

"시작이라니?"

"뭐, 그런 게 있어."

그건 김민정에게 한 말이라기보다는 나 자신에게 한 당부 같은 것이었지만, 나도 괜한 혼잣말을 한 건 아니었다.

'오늘은 양상춘의 나에 대한 오해도 풀었고, 곽성훈도 영입할 수 있었던 나름 보람찬 하루였지만…… 한편으론 다음 단계로 나아가기 위한 매듭을 지은 것에 불과하지.'

엄밀히 말해서 완전히 해결된 일은 없다시피 했다.

나에 대한 조설훈의 살인 혹은 살인교사 혐의는 사라졌지만, 동시에 조설훈을 살해한 진범이 누구인가 하는 건 오리무중인 안개 속으로 잠겨 들었다.

'그나마 최서연이 어딘가 수상쩍지 않은가 하는 이야기가 나오긴 했지만 그마저도 어디까지나 추측에 불과한 것이고.'

혹시 어쩌면, 내가 조세화와 합자회사를 만드는 것도 범인이 의도한 밑그림 속에 있는 걸지 모른다.

'……그걸로 뭘 어쩌겠다는 건지 지금은 전혀 감이 오질 않지만.'

한편 조광 그룹의 최대 주주로 거듭난 조세화가 오늘 세간에 공식적으로 얼굴을 비춘 것도, 우리가 앞으로 해야 할 일에선 첫 단추를 꿴 것에 불과하다.

그녀는 추후 주주총회에 참석하거나 임원 회의에 모습을 드러내 싸움을 이어 가겠지만, 거기서부터는 내가 개입할 여지가 없는 일이기도 했다.

'이휘철과 구봉팔이 조세화를 서포트해 줄 테니 큰 염려는 없지만……. 역시 아무래도 어리긴 하지.'

나는 차라리 이 기회에 상황이 정리될 때까지 만이라도 곽성훈을 조세화 곁에 붙여 줄까, 하고 생각했다.

'곽성훈이라면 아무 걱정할 필요 없지. 걱정할 필요가 없기는 한데…….'

곽성훈을 무사히 영입하는 것까진 좋았지만, 어째 묘하게 일이 잘 풀리고 있단 느낌이 들기는 했다.

'내가 잔걱정을 너무 많이 하고 있는 건가.'

뭐, 정 신경이 쓰이면 곽성훈의 꿍꿍이가 어떻다는 것쯤은 전예은에게 알아보도록 시켜도 되긴 하니까 그것도 큰 문제는 되지 않는다.

'……그렇게 따지면 나는 굿이나 보다 떡만 주워 먹으면 될 일이기는 한데.'

생각하는 사이, 김민정이 나를 흘겨보았다.

"가만 보면 이성진 너, 최근 부쩍 나 애 취급한다?"

"내가?"

속이 뜨끔했지만, 그걸 어린애 앞에서 내색할 정도로 무르진 않다.

"그럴 리가. 그렇게 생각했다면 네 자격지심이 아닐까?"

"……그것도 애 취급 같은데 말이지."

김민정은 한숨을 내쉬고는 잠시 뜸을 들였다가 다시 말을 뱉었다.

"미안."

"응? 방금 내게 한 오해에 대해?"

"그게 아니라."

김민정은 쑥스러움을 감추듯 딱딱하게 말을 이었다.

"오늘 너 무대에 선 거, 나 때문이거든."

"무슨 소리야?"

"그게······."

김민정이 우물쭈물하다가 대답을 이어 갔다.

"오늘 무대에 섰던 남자애 있잖아."

"강찬환?"

"아, 응. 그런 이름이었나. 아무튼······ 우리 오빠 찾아다닐 때, 걔가 나한테 와서 너에 대해 물어보더라고. 아마 너랑 같이 있던 걸 본 모양이야. 그런데 그때 내가 별생각 없이 네가 누구란 걸 대답하는 바람에······."

김민정이 쓴웃음을 지었다.

"······그래서 결국 네가 무대에 서게 되었으니까."

"난 또 뭐라고."

나는 픽 웃었다.

"여태 그걸 신경 쓰고 있었어?"

"하지만!"

김민정이 드레스 자락을 꾹 쥐었다.

"내가 아무 말 안 했으면 그런 일 없었을 거잖아. 그러면 네가 무대에 설 일도 없었을 거고, 그리고······."

이거 참, 여기 숨은 공로자가 있었군.

'그 덕분에 나를 꿔다 논 보릿자루 취급하려던 곽한섭의 수작도 막을 수 있었던 데다 내가 누구라는 홍보 효과를 톡톡히 누렸고, 곽성훈의 생각을 고쳐먹게 했는데.'

그래도 김민정이 과잉 자책하는 걸 보면, 역시 아직 세상이 자신을 중심으로 돌아간다고 여기는 애답다고 생각했다.

나는 빙긋 웃으며 김민정을 보았다.

"괜찮아. 신경 안 써."

"······."

"오히려 그 덕에 잘 풀린 것도 있었고, 설령 네가 강찬환에게 내가 누구란 걸 알리지 않았어도 걔가 하고자 했다면 어떻게는 나를 지목했을 거야."

"······너는."

뒤이어 무어라 말하려던 김민정은 아랫입술을 꾹 깨물어 입을 다물었다.

'싱겁긴. 하긴 뭐, 애들이 생각하는 게 다 거기지.'

그대로 김민혁이 차를 끌고 올 동안 침묵이 이어지겠거니 생각했더니, 김민정이 다시 입을 뗐다.

"있잖아."

"응?"

김민정은 고개를 들어 나를 물끄러미 쳐다보았다.

"너 혹시, 세화 언니랑 사귀니?"

"뭐?"

사춘기라서 그런지 몰라도, 이 나이대 여자애들은 걸핏하면 연애로 엮어 들어가기 일쑤다.

김민정은 황당해하는 내 모습을 보며 무슨 오해를 한 건지, 확신에 찬 얼굴로—동시에 어딘지 울 것 같은 얼굴로—고개를 끄덕였다.

"그럴 줄 알았어. 그 언니, 예쁜 데다가 똑똑하고…… 집안도 좋잖아. 잘 어울린다고 생각해. 심지어 오늘도 네가 직접 에스코트했는걸."

"아니, 잠깐. 그런 거 아니거든."

나는 얼른 김민정의 억측을 정정해 주었다.

"오늘 함께한 것도 다 사업상 논의 때문이고, 내가 세화를 에스코트 한 건 초대장을 받지 못해서일 뿐이야."

"게다가 세화, 라고 이름으로만 부르네? 나는 '김민정' 하고 성까지 붙여서 부르는데."

"……그건 어쩌다 보니 그렇게 된 거긴 하다만, 애당초 너 이름만 부르는 거 싫어했잖아."

"내가 언제?"

"2년 전 방과 후 교실 업무할 때."

"……."

"아무튼 그래서 그런 거니까 괜한 오해하지 마."

음.

말하고 보니, 왜 이런 꼬맹이에게 바람피우다 걸린 걸 변명하듯 말하고 있는 건가, 하고 나 스스로도 이해하지 못하겠단 생각을 했다.

'끙, 한성진 그놈 때문인가.'

언젠가 그 녀석이 '김민정이 너 좋아한다'는 말을 한 것을 나는 무의식중에 의식하고 있었던 모양이다.

'그래 봐야 어차피 호감과 관심, 사랑을 구분하지 못하는 어린애들 풋사랑일 테고, 거기에 의미를 두는 건 어른스럽지 않지.'

원래 그 나이엔 주위에 있는 또래보다 매력적인 이성에게 끌리기 마련이고, 내 입으로 말하기는 뭣하지만 나는 어디 내놓아도 호감을 살 법한 인간이라고 생각한다.

'누구나 한 번쯤 거치는 홍역 같은 거야.'

그리고 나 또한 전생의 그 시절, 그런 홍역을 앓아 보았으니, 마냥 우스운 취급하지 않는 거지만.

김민정은 뚱한 얼굴로 나를 보더니, 뭔가 깨달음을 얻은 듯 눈을 동그랗게 떴다.

"아."

"이번엔 또 뭐냐."

"알겠어."

"뭘."

김민정은 주위를 두리번거리더니, 내게 성큼 다가와 귀에 대고 속삭였다.

"이성진 너 혹시…… 그쪽이니?"

"그쪽?"

"있잖아. 그, 나도 만화에서 읽은 거지만……."

김민정이 조심스레 말을 이었다.

"게이."

"……."

얘가 지금 대체 무슨 말을 하는 거지?

김민정이 고개를 끄덕이더니 내 어깨에 손을 올렸다.

"그랬구나. 미안. 나는 그런 줄도 모르고……. 그동안 감추느라 힘들었지?"

"……."

뭔가, 말을 해야 하는데, 입이 떨어지질 않았다.

"괜찮아. 우린 친구잖아. 응, 생각해 보니까 다 맞아떨어지는걸."

김민정이 어른스러운 미소로 나를 보았다.

"그 왜, 아름 언니라든가, 선아 언니라든가, 주위에 매력적인 여성이 잔뜩 있는데 눈길 한번 주지 않았고……."

매력적인 여성? 다 애잖아.

"아니면 저번에 본 비서 언니라든가."

전예은? 걔도 내 기준 애다만.

"반면에 한군은 아주 형제보다 더 살갑게 챙기고……."

그건, 그 녀석이 내 분신이나 다름없는 몸이니까 그런 거다.

"성훈 오빠에게 보내던 시선도."

내가 곽성훈을 바라본 시선을 간파한 거라면, 음, 그건 여러 가지 의미로다가 설명하기 어렵긴 한데, 김민정이 오해하는 그런 쪽은 결단코 아니다.

"응, 이제 이해했어."

그나저나 너는 뭘 혼자서 세상의 비밀을 깨우친 얼굴을 하고 있는 거냐.

내가 간신히 입을 떼려고 할 때였다.

김민혁이 모는 스포츠카(얼마 전 제니퍼에게 싸게 양도받았다고 들었다)가 멈춰 서더니, 김민혁이 씩 웃으며 김민정을 보았다.

"야, 타."

"……뭐래."

김민정은 제 오빠에게 한마디 쏘아 주고는 차에 올랐다.

"그러면 먼저 가 볼게."

"……그래. 형도 들어가세요."

"응. 우리 먼저 간다."

김민혁이 모는 차가 빠져나가는 동안, 김민정은 계속 나를 바라보더니, 내게 파이팅, 하는 동작을 보였다.

'나 원.'

나는 머리를 긁적이고는 호텔 기둥에 기대섰다.

'오해를 해도 유분수지.'

전생에는 약혼녀까지 있었던 몸인데.

'그, 뭐냐, 내 취향은 단지, 그저, 좀 포용력이 있는 성숙한 여성일 뿐이라고.'

……그나저나, 삼광 그룹 장손이 게이라는 소문이 퍼지면 큰일인 거 아닌가?

'나야 그쪽에 별다른 편견이 없지만, 이 바닥이 오죽 보수적이어야 말이지.'

특히 동성애자에 대해 희화화를 하면 했지, 받아들일 아량이 없는 지금 시대상을 감안하면 더더욱.

끙.

나는 조만간 김민정을 만나 오해를 풀어야겠다고 생각하며 머리를 벅벅 긁었다.

'어떤 의미론 김민정은 시대에 비하면 열린 사고의 소유자이긴 한데, 지금은 너무 열려 있어서 문제군. 나 참, 일부러라도 난봉꾼 짓을 해야 하나?'

나는 잠시 생각했다가 픽 웃었다.

'내가 이성진도 아니고.'

생각해 보면 전생의 이성진은 미혼으로 중년을 넘기면서

도 플레이보이라는 소문이 은연 중 떠돌아서인지, 그놈에겐 으레 잘생긴 중년 미혼자에게 따라붙고는 하는 동성애가 어떻단 식의 소문은 일절 없었다.

'이성진에 한해서는 확실하긴 했지.'

그렇게 나는 일행을 차례차례 배웅한 뒤 마침내 다가온 강이찬의 차에 올랐다.

"오래 기다리셨습니까."

"아뇨. 별로."

차에 오르는 내 표정을 보며 강이찬은 오늘 일이 잘 안 풀린 모양이라고 생각한 모양인지, 긴말하지 않고 곧장 고개를 돌렸다.

"……그러시군요. 그러면 댁으로 모시겠습니다."

뭐, 나도 새삼 '일은 잘 풀렸어요. 친구에게 동성애자로 오해받았을 뿐이지' 하고 말하고 싶은 생각은 없었으니, 복잡한 머릿속에 강이찬의 과묵함이 달가웠다.

강이찬은 호텔 정문 앞에 줄줄이 선 차가 밀리지 않도록, 호텔 도어맨이 차 문을 닫아 주자마자 부드럽게 차를 몰았다.

그래도 내 사적 공간이라면 사적 공간이긴 한 모양인지, 나는 차에 올라타자마자 행사 내내 바짝 긴장해 있던 신경이 조금이나마 느슨해지는 것을 자각하며 뒷좌석 시트에 등을 파묻었다.

'강이찬도 있으니 완전히 내 사적 공간이라고 할 수는 없지

만⋯⋯. 그러고 보니.'

내가 행사장에 얼굴을 비출 동안 강이찬은 구봉팔과 연락을 하였을까.

나는 생각난 김에 슬쩍 강이찬에게 물었다.

"강이찬 씨, 구봉팔 이사님과는 연락해 보셨습니까?"

"예."

강이찬은 호텔을 돌아 시내 도로로 차를 빼며 담담하게 대꾸했다.

"염려해 주신 덕분에 오늘 만나기로 했습니다."

"그래요?"

빠르군.

내 지인 중 무뚝뚝하기로는 손에 꼽을 사내 둘이 통화를 했으니 아마 만나자는 약속만 잡고 곧장 전화를 끊지 않았을까, 싶긴 했다.

'강이찬이 구봉팔을 찾아 뭘 부탁할지는 모르겠지만, 그건 저쪽이 먼저 입을 열 때까지 기다려야겠지⋯⋯. 음?'

그때 내 뱃속에서 꼬르륵 하는 소리가 들렸다.

뭐, 오늘은 점심도 먹는 둥 마는 둥 했던 데다가 저녁은 샐러드 한 접시 먹은 게 고작이었으니.

한창 성장기인 내 몸은 오늘 하루 필요한 영양을 섭취하지 못해 잔뜩 굶주려 있었다.

'집에 가거든 야식이나 만들어 먹을까.'

어린 몸의 장점 중 하나라면 밤늦게 뭘 주워 먹어도 아무렇지 않게 소화해 낸다는 점이다.

동시에 단점이라면 지금처럼 에너지 대사가 높아 꼬박꼬박 밥을 챙겨 먹어 줘야 한다는 점이고.

'전생의 중년 몸뚱이였으면 새삼 배가 고프지도 않았겠지.'

그런 의미에선 아무렇지도 않게 야식을 챙겨 먹어야지, 생각하는 것부터 내가 이 몸에 적응하고 있다는 방증은 아닐까.

'뭐, 성장기니까.'

나 자신은 배에서 울린 소리를 대수롭지 않게 생각하고 있는데, 강이찬은 그렇지만도 않았던 모양이다.

"사장님, 혹시 배탈 나셨습니까?"

운전수이자 보디가드인 강이찬은 속도위반을 해서라도 빠르게 나를 집에 데려다줘야 할지, 아니면 아무 화장실이라도 찾아야 할지 고민하는 모습이었다.

"아니에요. 그냥 배가 고파서."

"……금일 그룹에서 식사를 내놓지 않았습니까?"

"뭐, 우리끼리 하는 이야기지만 그런 자리에선 느긋하게 앉아서 뭘 먹는다는 게 불가능하거든요. 아 참, 강이찬 씨는 식사 하셨어요?"

"대기 중에 간단히 먹었습니다. 마침 구봉팔 씨랑 어느 일식당에서 만나기로 한 것도 있고요."

일식이라.

'그러고 보니 초밥 먹은 지도 오래됐네.'

나는 강이찬의 말에 '그렇습니까' 하고 짧게 고개를 끄덕였고, 강이찬도 한동안 입을 다문 채 운전을 했다.

그러던 강이찬이 다시 입을 뗀 건, 차가 신호를 받아 좌측 차선에서 대기 중일 때였다.

"하면 사장님, 괜찮으시다면 함께하시겠습니까?"

응?

강이찬의 '초대'에 그저 배고픈 상사를 위한 배려만 있는 것이 아님을, 나는 안다.

'그사이 심경에 변화가 생겼나?'

당초 그는 내가 없는 자리에서 구봉팔과 독대하고자 하였으나 지금은 그 자리에 나를 동행하고자 하는 의지를 보였다.

강이찬은 분류하자면 무투파, 육체파라고 구분할 만한 인물이지만 평소 독서량이 많고, 그 과묵함도 생각 깊은 신중함에서 나온다.

그러니 강이찬이 나를 '초대'한 건, 그 또한 내 앞에서 그가 감추고 있는 몇 가지 비밀, 속내를 털어놓을 준비가 되었단 의미일 터.

'어차피 나를 배제해 봐야 나중에라도 구봉팔을 통해 내 귀로 들어오게 될 거란 걸 감안한 걸 수도 있지만.'

나는 초밥을 먹으며 힐끗 강이찬을 살폈다.

그는 고급 일식집 룸에 나를 대동하고 앉은 채 메뉴에 손 대지 않는 것이 이 자리에서의 예의라도 되는 양 묵묵히 엽차를 홀짝일 뿐이었다.

다만, 찻잔을 쥔 손에 필요 이상으로 힘이 들어가 있었다.

'무슨 일로 구봉팔을 만나고자 하는지 먼저 선수를 쳐 물어 볼 수도 있겠지만…… 지금은 그가 입을 열기를 가만히 기다리는 편이 낫겠군.'

이윽고 드르륵, 미닫이문이 열리며 구봉팔이 모습을 드러냈다.

"실례……."

구봉팔은 정면 상석에 자리 잡은 나를 발견하곤 조금 어리둥절해했다.

"어서 오세요."

내가 먼저 인사를 건네자 구봉팔도 그제야 내게 고개를 숙였다.

"사장님도 계신 줄 몰랐습니다."

"아뇨, 아뇨. 배가 고파서 먼저 실례하고 있었습니다."

"아닙니다. 괘념치 마십시오. 그보단 사장님이 계시니 다른 메뉴를……."

나는 몸을 돌려 종업원을 부르려는 구봉팔을 만류했다.

"신경 쓰지 마세요. 저는 배만 채우면 되거든요. 이미 배도 꽤 찼고요."

"그렇습니까."

"일단 앉으시죠."

구봉팔은 고개를 끄덕이곤 곧장 강이찬과 내 맞은편에 양반다리를 하고 앉았다.

"드실래요? 이 집, 문어가 좋네요."

"아닙니다. 괜찮습니다."

내 권유를 정중히 거절한 구봉팔이 고개를 돌려 강이찬을 보았다.

"강이찬 씨도 드시고 싶은 것이 있다면 기탄없이 말씀해 주시오."

"저는 괜찮습니다."

"……알겠소."

그 짧은 대화 뒤, 구봉팔은 어떻게 이야기를 이어 가야 할지 잠시 생각하는 눈치였다.

아마, 여기 오기 전까지 강이찬과 어떤 식으로 대화를 풀어갈지 돌렸을 시뮬레이션이 내가 개입함으로서 다소 어그러진 모양이었다.

'죄 진 것도 없이 불편하군. 뭐, 이런 자리에 오겠다고 한 내 잘못도 있지.'

그러니 나도 과묵한 남자 둘 사이에 끼여 초밥을 먹고 있는 내 입장을 이해해 달라는 말은 차마 할 수가 없게 됐다.

새삼스러운 이야기지만, 구봉팔과 강이찬 두 사람의 서로를 향한 첫 인상은 결코 좋다고 할 수 없는 것이었다.

구봉팔은 조세광과 나 사이의 거래에 엮여 내게 빌미를 잡힌 채 끌려 다니는 입장에, 내 신변 보호를 우선시하는 강이찬의 경계―와 근원에 자리 잡은 까닭 모를 적의―를 받아야 했고, 강이찬은 강이찬대로 구봉팔을 비롯한 부류에 뿌리 깊은 적대감을 품은 채 조용히 으르렁거렸다.

사실, 구봉팔 입장에는 강이찬의 존재를 무시해도 무방했다.

강이찬이 어떤 색안경을 쓰고 있건 그 자신이 떳떳치 못한 부류인 것도 사실인 데다 그는 어디까지나 자신이 해야 할 일을 할 뿐이었으니까.

강이찬 역시도 구봉팔이란 인물이 어쨌건 상사인 내게 직접적인 해를 끼치지 않는다면 그가 나와 거래 대상인 이상 그 적의를 외부로 표출할 까닭도 없음이다.

그래서 지금 둘 사이엔 '이미 불편하면서 서로 친해질 이유가 없는, 그럼에도 마주해야 할 비즈니스적인 입장'이라는 내게 익숙한 기류가 감돌고 있었다.

'내가 성인이면 여기 있는 초밥을 반주 삼아 술부터 시켰겠지만, 그럴 수도 없고.'

입안에 든 이 새우 초밥만 삼키고 끼어들어야지, 생각하고 있었더니, 강이찬이 입을 뗐다.

"오늘, 갑작스러운 일임에도 제 일방적인 요청에 응해 주셔서 감사드립니다."

구봉팔은 힐끗 내 눈치를 살피곤 강이찬의 말을 받았다.

"신경 쓰지 마시오. 나도 그쪽이랑 한번 진득하게 이야기를 나눠 보고 싶었으니까."

응, 이왕이면 내가 없는 자리에서 말이지.

강이찬도 구봉팔처럼 힐끗 내 눈치를 살피곤 대답했다.

"이해해 주셔서 감사합니다."

구봉팔이 사교적인 성격이었다면 여기서 한 차례 너스레를 떨었겠지만, 구봉팔이 실없는 농담에 이어 허허 웃는 광경은 아무리 나라도 상상이 가질 않았다.

결국, 분위기는 다시 어색한 침묵 속에 잠겨 들었다.

그럼에도 강이찬은 섣불리 본론으로 넘어가지 않았는데, 여기 온 목적을 밝히기 전 종업원이 올 때를 기다리는 듯했다.

구봉팔도 강이찬에게 당장 입을 열 의사가 없다는 걸 파악했는지, 고개를 돌려 나를 보았다.

"사장님, 참석하신 행사는 어땠습니까?"

나는 자연스레 구봉팔의 말을 받았다.

"괜찮았어요. 결과적으로는 계획한 바대로 흘러갔죠."

이번 행사의 결과는 구봉팔의 이후 행보와도 무관하지 않았고, 나는 그와 따로 만날 시간을 내는 대신 이 자리에서 용건을 전달하기로 했다.

"아마 이르면 내일 당장 증권가에 삼광과 조광이 어떻단 소문이 돌 겁니다."

"흠, 그러면 조만간 열릴 임시주주총회 때 영향이 있겠군요."

"예, 어쨌건 조광 주주들은 이번 일의 이익 당사자니까요. 우리는 여기서……."

잠시 강이찬을 꿔다 논 보릿자루 취급하며 업무 이야기를 하고 있으려니 종업원이 미닫이문을 열고 음식을 날랐다.

구봉팔과 나는 그쯤 해서 자연스럽게 대화를 중단했고, 종업원이 방을 나서자 구봉팔은 상에 놓인 소주병을 힐끗 쳐다보며 입을 뗐다.

"강이찬 씨, 술은 좀 하시오?"

그 말에 강이찬은 내 눈치를 살피며 대답했다.

"죄송합니다, 운전을 해야 하니 술은 조금……."

"혹시나 해서 밖에 부하 두 사람을 대기시켜 두었소만."

직업의식이 투철해 남에게 내가 탄 차량 운전대를 맡기고 싶지 않은 건지, 아니면 남들 앞에서 조금이라도 흐트러진 모습을 보이고 싶지 않은 건지는 모르겠지만, 강이찬은 구봉팔이 모처럼 꺼낸 권유에도 꿈쩍하지 않는 모습이었다.

하지만 그래서야 쓰나, 적당한 알코올은 분위기를 풀어 주는 법이다.

'괜히 영업직이 술을 달고 사는 게 아니지.'

그래서 나는 거기서 옳다구나 구봉팔의 편을 거들고 나섰다.

"저는 괜찮으니까, 강이찬 씨도 한잔하시죠. 이미 주문도 하셨는데."

"……사장님께서도 그렇게 말씀하시면, 알겠습니다."

강이찬은 고개를 끄덕이곤 구봉팔에게 술을 먼저 따라 주었고, 구봉팔도 그렇게 했다.

'정작 미성년자인 나는 물만 마셔야 하지만.'

둘은 형식적으로 건배한 뒤, 몸을 돌려 한 잔을 꺾었다.

'그러고 보니까 두 사람이 술 마시는 거, 처음 보네.'

내가 새삼스러운 생각을 하는 사이, 강이찬이 입을 열었다.

"오늘 제가 이사님을 뵙고자 한 건 다름이 아니라 개인적으로 부탁드리고 싶은 일이 있어서입니다."

그가 입을 열 때를 신중하게 기다린 것만큼이나 강이찬의 입에서 나온 말은 본격적이고 단도직입적이었다.

그나저나 개인적, 이라.

이미 앞선 통화에서 짐작은 했지만 강이찬의 입에서 나온 말은 내게도 퍽 '개인적으로' 들렸다.

구봉팔의 생각도 나와 비슷했는지, 그는 입을 일자로 다문 채 고개를 끄덕인 뒤 강이찬의 말을 받았다.

"좋소. 다만 자세한 이야기를 듣기 전, 몇 가지 물어보아도 되겠소? 대답하지 않아도 무방하오."

"아닙니다. 물어보십시오."

"그쪽이 내게 부탁하실 일이라는 건, 사장님이 하시는 일과 무관한 일이오?"

담담한 말씨였지만, 눈빛이 예리했다.

"사장님과 무관한 일입니다."

"그렇다면 말씀대로 그대의 개인적인 일이겠소."

"예."

"하면, 그 일이라는 건 사장님이 아셔도 될 일이라 판단한 것이오?"

강이찬이 구봉팔을 만나 '개인적인 부탁'을 할 만한 일이라면, 뭐가 되었건 떳떳한 일은 아닐 것이다.

구봉팔 또한 그것을 꿰뚫어 보고서 던진 질문일 것이다.

강이찬은 잠시 뜸을 들였다가 고개를 끄덕였다.

"예. 오히려 그것이 도리라 판단했습니다."

나에 대한 도리라.

강이찬이 내게 고개를 숙였다.

"사장님, 이야기에 앞서 그에게 제가 사장님께 고용된 경위를 밝혀도 되겠습니까?"

구봉팔에게 자신이 안기부 소속인 걸 밝히려는 건가?

미리 이야기하지 않고 지금 그걸 밝히는 걸 보면, 내가 고개만 끄덕여도 망설임 없이 자신의 신분을 밝힐 기세였다.

'뭘 의도하고 그러는 건지는 모르겠지만, 왠지…… 그랬다간 이대로 강이찬이 내 곁을 떠나갈 것 같단 불길한 예감만 드는군.'

나는 고개를 저었다.

"아뇨. 허가하지 않겠습니다."

"……."

그 뒤 나는 강이찬에게 일부러 미소를 지었다.

"그 부분은 일단 이야기를 들어 본 뒤 결정하기로 하죠. 물론 제가 들어도 되는 이야기라면 말이지만요."

"……예."

강이찬은 눈을 지그시 감았다 뜬 뒤, 구봉팔에게 말했다.

"사람을 찾고 있습니다."

"사람?"

"예. 그 전에……."

강이찬은 품을 뒤져 사진 한 장을 꺼내 상에 올려놓았다.

사진 속에 있는 건 가장 행복한 순간을 잘라 내 붙인 것처럼 환하게 웃는 여자아이로, 강이찬이 꺼낸 건 원본 사진에서 따로 이 여자아이에만 집중하여 확대해 놓은 것으로 보였다.

'그리고 강이찬은 이 사진을 항상 품에 넣고 다녔던 모양이

군. 그래서 애가 누군데?'

궁금했던 것도 잠시, 강이찬은 이내 답을 내놓았다.

"제 동생입니다."

동생?

그 말을 듣고 자세히 보았지만, 꽤 예쁘장한 그 얼굴에선 강이찬과 닮은 구석을 찾기가 힘들었다.

'어쨌거나 그렇다는 건…… 강이찬은 구봉팔에게 자신의 여동생을 찾아 달란 부탁을 하고자 그를 불러낸 거로군.'

사진에서 시선을 뗀 구봉팔이 강이찬의 빈 잔에 소주를 따랐다.

"그런 일이라면 어렵게 부탁할 것도 없었소. 내 힘닿는 곳까지 도와드리리다."

그러게, 당사자 앞에서 '고작'이라는 말을 덧붙여 폄훼하고 싶지는 않지만 그 정도라면 나도 충분히 도와줄 수 있는 일이었다.

오히려 그런 일을 구봉팔에게 부탁하기 전 나에게 상의 한 마디 하지 않은 것이 조금 서운할 정도로.

'……한편으론, 강이찬이 이 일을 신중하게 고려해 꺼내야 할 만한 사유가 있다는 것으로도 들리는걸.'

그것도 내게 부탁해서 '구봉팔'을 지목해 가면서까지.

구봉팔은 지금 조광의 차기 실세로 거듭나는 중인 인물이고, 예전만은 못하다지만 사실상 전국구 조폭 집단이나 다름

없는 조광의 차기 실세로 거듭나는 중이라는 건 다시 말해 대한민국 암흑가에 적잖은 영향력을 행사할 수 있다는 의미와도 상통했다.

'즉, 닭 잡는 일에 소 잡는 칼을 쓰려는 거나 진배없단 이야기야.'

하지만 그 '부탁'을 한 것이 강이찬이라면 이야기가 다르다.

본인 입으로는 말단이라지만, 그래도 대한민국 땅에서 정보력이라면 첫째가는 집단일 안기부 소속 인물이 조폭의 손을 빌려 사람을 찾을 일이 무엇이겠는가.

'구봉팔의 속내와 달리, 왠지 쉽지 않을 것 같단 생각이 드는군.'

강이찬은 무표정한 얼굴로 구봉팔의 잔에 소주를 따랐고, 구봉팔이 잔을 들며 물었다.

"하면, 지금부터 그대의 동생을 찾아 주면 되는 거요?"

"아뇨, 찾으려는 건 제 동생이 아닙니다."

그제야 조금 심상치 않음을 느낀 구봉팔이 멈칫했다.

"그러면?"

강이찬이 담담한 얼굴로 대답했다.

"저는 지금 제 동생을 죽음에 이르게 한 자들을 찾고 있습니다."

"……"

호으음.

이거 참, 이럴 땐 어떤 표정을 지어야 할지 모르겠단 말이야.

강이찬의 발언에 잠시 당황한 나와 달리 구봉팔은 착 가라앉은 눈으로 그 말을 받았다.

"무슨 일인지 자세히 들을 수 있겠소?"

강이찬은 소주를 입안에 털어 넣은 뒤, 잔을 탁 하고 상에 내려놓았다.

"짧게 설명드리겠습니다."

이런 상황이지만 그는 자신의 과거사며 동생이 죽은 경위 등을 우리 앞에서 말해 줄 생각은 없는 모양인지 동생을 살해한 자에 대한 정보만을 간략히, 감정이 섞이지 않은 어조로 담담히 풀어냈다.

"제가 조사한 바에 의하면 동생을 살해한 자는 어느 조직에 속한 인물이었습니다."

그러면서 강이찬은 그 '조직'은 영남 쪽 지방에 자리를 잡고 있는 조폭이며, 인신매매 및 마약 밀매 등을 업으로 삼고 있는 곳이라는 말을 덧붙였다.

"광남파라는 이름인데, 혹시 들어 보셨습니까?"

최소한 나는 들어 보지 못했다.

구봉팔 역시 그런 조직에 대해선 들어 보지 못한 듯 고개를 저었다.

"모르오."

"……."

"나는 지금 그대 앞에서 거짓말을 하는 게 아니오. 조광이 전국 각지에 영향력을 행사하고 있는 것은 맞지만, 그렇다고 수도권이 아닌 지방까지 그 힘이 완전히 닿아 있는 것은 아니니까."

구봉팔의 말마따나, 조광은 전국 각지에 '유통망'을 만들 정도의 위상을 떨치고 있는 조직, 아니 기업이긴 하지만 모든 조직은 중앙에서 멀어질수록 그 영향력이 약해지는 것이 일반적인 상식이다.

조광 역시도 서울에 본거지를 두고 있는 만큼 수도권에선 다른 건달이나 양아치들이 바짝 엎드리고 있지만, 지방 토호(?)들에게도 수도권에서 하듯 그들의 입장을 강요하기는 쉽지 않았다.

그래서 생전의 조성광도 지방 쪽 일은 더 이상 영향력을 확장하지 않고 어느 정도 타협을 하는 선에서 그치곤 했다.

"둘째로 조광이 '그런 일'에 손대지 않은 지 꽤 오랜 시간이 지났소."

하긴, 조광이 합법적인 유통 회사로 탈바꿈하고 난 뒤부터 그들은 '리스크가 있는 일'에는 손을 떼었다.

그도 그럴 것이, 조광은 이미 그런 일을 하지 않아도 대기업에 분류될 만큼의 탄탄한 경영 구조를 갖춘 상태였고 '푼돈'이나 벌자고 경찰에 꼬리를 밟히는 일을 하는 건 그럴 필요가 없음에도 섶을 지고 불에 뛰어드는 것만큼이나 멍청한 일이니까.

구봉팔은 강이찬의 빈 잔에 소주를 따라 주며 말을 이었다.

"그리고 지금 이런 말을 하기는 뭣하지만…… 얼마 전 돌아가신 조성광 회장님이나 조설훈은 다른 건 몰라도 마약만큼은 손대지 말란 엄포를 놓았소."

내 기억에도 그랬다.

아무리 조폭이나 다름없는 조광이라지만 그들은 그들의 일을 '합법적'인 사업으로 세탁하기 전에도 마약류에는 일절 손을 대지 않았고, 그러기는커녕 마약을 다룬단 이야기가 들리면 즉각 해당 조직에 쳐들어가 그들을 처리해 버릴 정도였다.

물론 그렇다고 해서 조성광이나 조설훈에게 선을 넘지 말아야 할 최후의 양심이 남아 있어서 그랬다는 의미는 아니다.

이 또한 나름대로 사업적인 계산이 서 있어서 그런 것에 불과했는데, 마약이라는 손쉽게 목돈을 만질 수 있는 범죄가 이 땅에 시작되면 그때부턴 전쟁의 불씨가 생겨나기 때문이었다.

그들이 마약을 묵인하기 시작할 경우, 경찰 및 정부가 이중 범죄의 냄새를 맡고 다시금 '범죄와의 전쟁'을 선포할지 모른다는 건 둘째 치고, 그로 인해 '해외'의 조직들—마피아,

카르텔, 삼합회, 야쿠자 등등—이 한국에 발을 들이지 않으리란 보장이 없다.

그렇게 된다면 조광 같은 토종(?)은 이 잔뼈가 굵은 생태계 교란종들과 한바탕 전쟁을 벌여야 할지도 모르고, 그건 조광이 리스크를 감수해 가면서 추진할 사업은 아닌 것이다.

'게다가 이미 국내 암흑가 대부분을 독점하다시피 차지하고 있는 마당인데 구태여 하이리스크 로우리턴인 일을 행할 필요가 없단 계산이지.'

만일 조광이 격동의 세월 동안 전국구로 뿌리내리지 않고 '일반적인' 조폭 집단으로 남아 있었다면 그들도 거리낌 없이 마약 밀매에 손을 댔으리라.

'어떤 의미에서 보자면 대기업의 독점이 사회에 긍정적인 영향을 끼친 몇 안 되는 사례로 경영 학술지에 소개할 만하군.'

다만 그렇다고 해서 나도 대한민국이 영원한 마약 청정국으로 남으리란 낙관적인 전망을 해 온 것은 아니다.

'이미 전생의 이성진도 독자적인 루트를 통해 마약을 손에 넣을 수 있었을 정도니까.'

21세기도 몇십 년이 지난 근 미래, 일반적인 공룡 기업이 시간이 지나 사회 변화에 적응하지 못하고 도태된 것처럼, 범죄자들의 세계에서도 비슷한 현상이 벌어지고 있었다.

범죄 조직들은 더 이상 예전의 마피아니 야쿠자니 하는 거대 조직의 관리하에 들어가지 않고 점조직 형태를 띤 자잘하고 국소적인 것들로 변해 갔는데, 이 역시 일반적인 상황에 빗대자면 그간 제조업 중심의 사업이란 틀에서 벗어난 각종 유니콘 기업들이 혁신적인 기술로 무장해 세계적으로 맹위를 떨치게 된 것과 비슷하다고 할 수 있겠다.

'그럼에도 불구하고 카르텔이나 삼합회처럼 국가가 손대지 못하는(않는) 거대 공룡은 여전히 막강한 힘을 구가하고 있단 점에서도 얼추 비슷하군. 뭐, 그들의 영향력도 제조사(?)로서의 입지뿐이지 그 물건을 판매하는 판매책들의 수단과 방법엔 손 하나 까딱하지 못할 정도지만.'

깊게 파고들면 이 점조직이 마약 거래에 가상 화폐며 비밀이 보장되는 소셜 네트워크를 어떻게 활용한다는 것까지 이야기를 할 수도 있겠지만, 그런 이야기가 나올 시기 이성진이나 나는 이미 앞으로 펼쳐질 혁신의 첨병에서 한 걸음 뒤로 물러선 입장에 불과했다.

'그렇게 전생의 우리는 꼰대가 되기 직전의 과도기에 놓인 상황이었지.'

게다가 전생의 그맘때엔 이미 알 만한 사람들 사이엔 마약이 허다하게 퍼져 있어서, 각계각층의 상류층이나 연예계엔 편의점에서 담배를 사는 것처럼 손쉽게 마약을 손에 넣을 수 있는 환경이 조성되어 있었다.

'……라는 말을 전생의 조세광이 자조적으로 했더랬어.'

이후 대한민국 정부나 조광이 이 상황을 어떻게 타개했는지, 혹은 조세광이 오너로 있는 조광이 아예 주도적으로 시장에 개입해 마약류를 반입하기 시작했을지, 죽은 나로선 알지 못한다.

'그땐 조세광도 여러 정부 관료와 선을 놓은 상태였으니 상황을 정리하자면 못 할 것도 없겠지만…… 사실 근미래의 마약 조직이란 건 두더지 잡기 게임처럼 여길 잡으면 저기서 튀어나오곤 하는 것이었거든.'

즉흥적이고 휘발적인, 마음만 먹으면 언제라도 해체할 수 있는 것이 미래의 마약 조직이었다.

'그래서인지 조세광도 꽤 골머리를 싸매는 눈치였지만.'

뭐, 그땐 그나 나나 '꼰대' 소리를 듣기 일보 직전, 또는 뒤에서 이미 '꼰대' 소리를 듣고 있었을 한물간 중년에 불과했으니 그대로 시대의 변화에 대처하지 못한 채 도태되어 버렸을지도 모른다.

구봉팔은 한 차례 잔을 꺾은 뒤 말을 이었다.

"그러니 그대가 말한 광남파란 조직이 마약 밀매를 했다면, 그건 조광의 영향력 바깥에 있는 놈들이란 의미로 들리오."

하긴, '광남파'란 곳은 전생에 이래저래 조광과 엮이기 일쑤였던 나도 들어 보지 못한 조직이니.

'즉, 가만히 내버려 두어도 자연스럽게 사라질 조직이거나…… 아니면 내가 이 시대에 개입한 나비효과 때문에 활개

를 펼치게 될지 모를 괴물이든가 둘 중 하나겠군.'

외면해 온 것은 아니지만, 전생에는 존재하지 않은 '조설훈의 사망'이라는 일대 사건은 이곳 내가 뿌리를 내리고 있는 양지뿐만 아니라 조광의 근간을 이룬 음지에서도 적잖은 파장이 일 사건임은 분명했다.

그러잖아도 조성광의 죽음으로 통제 기반이 흔들리던 조광은 조설훈이라고 하는 정당한 후계자의 갑작스러운 죽음으로 인해 더 큰 혼란을 야기하게 되었다.

전망하자면 '조폭'으로서 조광은 더 이상 예전 같은 영향력을 행사하지 못할 것이고, 이로 인해 전국 각지에서는 조광의 그늘 아래 숨죽이고 있던 각종 조직들이 기지개를 켜게 되리라.

'그러니 강이찬이 말한 광남파라는 조직도 그간 1kg 내외, 아주 많아야 100kg 정도를 유통하던 수준에서 이젠 그 양을 차츰 늘려 나가 톤 단위를 유통하는 지경에 이르게 될지도 모르지.'

조광을 옹호할 생각은 추호도 없지만 어떤 의미에서 보자면 대한민국 땅에 조광이라는 거대 조직은 필요악이었던 셈이었다.

'그것도 아직은 미래 기술을 접목한 마약 점조직이 생겨나기 이전의 과도기적 시대이니…… 여기에 억측을 더해 자칫하면 거대 마약 조직으로 성장하게 될지도 모를 일이고.'

게다가 국제적으루두 지금은 남미 마약 조직이 지선을 갖춘 거대 카르텔로 변모하기 직전의 시기.

그들도 DEA가 태동한 미국뿐만이 아닌―게다가 미국은 그들에게 잘못 건드리면 진짜 좆 된다는 보기 좋은 사례를 남겨 주었다―국제화 시대에 걸맞은 시장을 개척하고자 하는 의지가 충만한 상황이었다.

동아시아에 국한하더라도 중국은 아편전쟁의 영향인지 마약류 범죄에 덮어 놓고 사형을 선고하는 국가이고―게다가 지금은 중국 정부도 자본주의의 단맛을 만끽하는 시기이니 더더욱 엄벌주의로 노선을 정할 때였다―일본은 야쿠자란 벽을 넘어야 한다.

반면 그런 그들에게 대한민국을 주름잡던 조광의 영향력이 사라진 지금, 마약 청정국인 대한민국은 먹음직스러운 블루 오션으로 손꼽힐 것이다.

비즈니스적으로 생각해도 한국에 각종 공격적인 투자를 행하지 않으리란 보장이 없는 상황이었다.

'그러니 광남파뿐만이 아니라…… 여타 한국 조직을 교두보로 삼아 한국 시장에 진출하고자 한다면 지금이 적기란 의미야.'

여기서 나는 '내 알 바 아니다'는 식으로 나갈 수도 있겠지만, 장기적으로 보면 조광을 내 아래에 두고자 하는 내게도 별로 유쾌하지 않은 상황이기도 했다.

'조금 귀찮게 됐군……. 아니, 한편으론 뿌리를 내리기 전에 정리해 버릴 기회이기도 한 건가.'

강이찬이 물었다.

"그러면 도와주실 수 없다는 말씀입니까?"

구봉팔은 대답 대신 물끄러미 강이찬을 보았고, 강이찬은 뒤늦게 잔을 비운 뒤 구봉팔이 따라 주는 소주를 받았다.

강이찬은 새로 술 한 병을 더 따서 구봉팔에게 따라 주었다.

구봉팔은 그제야 강이찬이 물은 말에 대답했다.

"내가 당장 어떻게 할 수 있는 이야기는 아니오."

"……."

"오해하지는 마시오. 이 문제로 그대와 밀고 당기기를 할 생각은 없으니까. 다만 강이찬 씨도 지금 조광이 처해 있는 상황을 알아주었으면 좋겠단 말을 하는 것뿐이오."

구봉팔이 잔을 꺾는 걸 보며 강이찬도 잔을 따라 꺾었다(나는 초밥을 한 점 더 먹었다).

"조광이 처한 상황이라면…… 당장 발등에 떨어진 불씨부터 치워야 한단 말씀입니까."

"말이 잘 통하는구려. 오늘 사장님께서……."

구봉팔은 나를 힐끗 쳐다본 뒤 말을 이었다.

"금일 그룹의 행사장에 우리 대표님을 모시고 참석한 것도 그 일환이었고 말이오."

"그건 저도 방금 들었습니다."

덕분에 아까 구봉팔과 앞으로 할 일에 대한 상의를 나눈 것이 마냥 강이찬의 용건과 무관한 시간 때우기는 아니었던 셈이 됐다.

"음, 그리고 내 개인적으론 이후로도 조광에서 어떤⋯⋯ 조성광 회장님이 있던 시대의 수단을 강구할 수 있으리란 보장은 없다고 전망하고 있소."

구봉팔답지 않게 빙빙 돌린 말을 풀이하자면, 이제는 예전처럼 폭력으로 상대를 찍어 누를 수 있는 시대가 아니게 되었단 의미였다.

'이 자리에 내가 있는 바람에 직접적인 표현을 하지 못하는 모양이군.'

만에 하나 일이 잘못되어 경찰이 강이찬의 '복수'에 대해 수사하더라도, 여기 있는 이성진 어린이는 단지 초밥만 주워 먹었을 뿐이라는 그 나름의 탈출구를 만들어 준 것이지만.

'한편으론 그가 나를 신경 써 준다는 점이 기특하긴 한데, 사실 별로 쓸데없는 배려야.'

구봉팔이 말을 이었다.

"그러니 그대가 생각하고 있는 사안에 대해 내 도움이 필요하다면 조금 더 말미를 주든가, 아니면 '내가 모르는 사이'에 알아서 일을 처리하는 방향으로 진행해야 할 것이오."

이번에도 구봉팔의 말을 풀어 주자면 어쨌거나 강이찬이

뭘 하건 간에 모른 척 눈을 감아 주는 정도는 해 주겠다는 의미였다.

'상황이야 어쨌건 구봉팔도 꽤나 비즈니스적인 화법을 구사할 줄 알게 됐군.'

하지만 강이찬은 그 정도면 충분하다는 듯 고개를 끄덕였다.

"그 부분은 저도 각오하고 있습니다. 다만."

강이찬이 고개를 돌려 나를 보았다.

"그러기에 앞서 염치 불고하고 이 자리에서 사장님께 양해를 구하고자 합니다."

끙.

올 것이 왔군.

강이찬이 내게 어떤 '부탁'을 하고자 하는지, 나는 이야기가 나온 초반부터 짐작하고 있었지만.

"이후 저는 사장님을 모시는 일을 관두고자 합니다."

막상 강이찬의 입에서 그 말이 나오고 나니 정작 내겐 그가 한 말에 반대할 명분이 없다는 것을 새삼 깨달았다.

'강이찬도 이 개인적인 일에 내가 말려들지 않았으면 하는 것일 터.'

애당초 그가 오늘 구봉팔과 독대하고자 했던 이 자리에 나를 '초대'한 것도 그게 목적이었을 것이다.

'더군다나 앞서 그런 이야기를 듣고도 사표를 수리하지 않

으면 내 입장만 이상해지지.'

구봉팔 역시도 강이찬의 입에서 그런 말이 나올 줄 알았단 표정이었다.

하지만 나는 강이찬이 모처럼 속내를 드러낸 지금, 이제 와서 그를 놓아주고 싶은 생각은 추호도 들지 않았다.

'다만, 구실이 없어.'

나는 별로 의미가 없다는 것을 알면서도 공연히 강이찬에게 재고의 여지를 타진했다.

"정말 그게 최선인 거 같아요?"

강이찬은 물러서지 않았다.

"제 일로 사장님께 폐를 끼치고 싶지 않습니다."

"곤란한데요."

나는 강이찬에게 쓴웃음을 지었다.

"강이찬씨가 회사를 관두면 제 출퇴근은 어떡하고요."

"……죄송합니다."

그는 내 농담 섞인 말에 '후임을 구할 때까지 만이라도'라는 뻔한 대답조차 하질 않았다.

하긴, 어쩌면 사람을 죽일지도 모르는 일이니, 그는 지금이라도 나와 관계를 청산하는 것으로 나와 선을 그으려는 것이리라.

'강직하다 못해 융통성조차 느껴지질 않는 사람이야.'

구봉팔이 조심스럽게 끼어들었다.

"사장님, 여기선 강이찬 씨의 뜻을 존중해 주어야 할 것 같습니다."

이거 참, 구봉팔도 이 자리에서는 강이찬의 편을 들고자 하는 모양이다.

'첫인상이야 어쨌건, 그도 지금은 강이찬의 태도가 마음에 든 모양이군.'

구봉팔은 따지자면 구시대 건달인 인물이었고, 그는 '의리'와 '충의'를 꽤 중시하는 경향이 있었다.

'사나이구먼, 그래. 꼬맹이는 끼어들 여지가 없는 남자들의 세계다 이건가.'

구봉팔이 강이찬을 보았다.

"강이찬 씨, 그대가 사장님께 폐를 끼치지 않고자 하는 마음가짐이 있다는 건 알겠소. 그리고 나 또한…… 방금 전엔 묵과하는 선에서 그치고자 했으나, 그대의 성의를 보아서라도 될 수 있는 대로 손을 보태겠소."

강이찬은 구봉팔이 자신을 호의적으로 평가하는 것에 낯설음과 내심 켕기는 구석이 있는 얼굴로 고개를 숙였다.

"……감사합니다. 하지만 이사님께서 그러실 것까진 없습니다."

"신경 쓸 거 없소. 나도 그대 입장이라면 응당 그러할 테니까."

이거 참, 구봉팔까지 이렇게 나올 줄이야.

별수 없지.

'여기선 조금 충격 요법을 써 볼까.'

그러니 지금부턴 잠시 외부 세력을 끌어들이기로 하자.

"그럼 이번 일은 강이찬 씨를 파견한 회사에서도 알고 있는 일인가요?"

안기부를 언급하자 강이찬은 움찔하더니 고개를 숙였다.

"말씀드렸다시피 이 일은 개인적인 용무입니다. 회사에서도 오늘 일은 모르며 저도 따로 보고한 바 없습니다."

나는 턱을 긁적였다.

"난감하게 됐군요. 강이찬 씨가 저희 회사를 관두게 되면 강이찬 씨를 제게 파견한 회사에서 그 사유를 퍽 궁금해할 것 같은데요."

"……."

강이찬은 대답하지 않았다.

아니, 그도 이후 안기부의 행동은 확신하지 못하는 것이리라.

'그만큼 이 일은 안기부와 무관한 강이찬 개인의 일이란 방증이겠지만.'

한편 나와 강이찬의 입에서 '회사'가 언급되는 내내 어리둥절한 얼굴이던 구봉팔이 끼어들었다.

그저 잠자코 있기엔 이번 일은 그 또한 이해 당사자 중 한 명인 것이다.

"사장님. 파견 회사라니, 무슨 말씀이십니까?"

"아, 그게 말이죠."

나는 일부러 별것 아니라는 양 태연한 얼굴을 하며 구봉팔의 말을 받았다.

"사실 강이찬 씨는 일종의 파견 사원이거든요."

"……"

뭐, 딱히 틀린 말은 아니지.

나는 그쯤 해서 강이찬에게 눈짓을 했다.

"이제는 강이찬 씨가 방금 하려던 말을 털어놓아도 될 것 같은데요."

"……알겠습니다."

강이찬은 자세를 바로 하더니 구봉팔을 마주 보았다.

"소개가 늦었습니다. 국가안전기획부 소속 강이찬입니다."

강이찬의 소개를 들은 구봉팔은 몇 번 눈을 껌뻑이더니 나를 보았다.

"사장님."

"예."

"이 친구, 혹시 지금 농담하는 중입니까?"

강이찬의 소개는 구봉팔 입에서 그답지 않은 얼빠진 말이 나올 정도로 충격적이었나 보다.

"지금이 농담할 분위기는 아니잖아요?"

"……"

내 대답에 구봉팔은 후우, 한숨을 내쉬더니 강이찬을 노려보며 내게 물었다.

"사장님께서는 처음부터 알고 계셨던 겁니까?"

대답 여부에 따라 그 적의는 내게도 향할 것이지만.

"뭐, 처음부터…… 알았던 건 아니지만요."

"……."

"너무 염려하실 거 없습니다."

나는 아까부터 일관되게 유지하고 있던 태연한 표정을 견지한 채 말을 이었다.

"지금 강이찬 씨는 안기부 요원으로서가 아닌, 강이찬 개인 입장으로 이 자리에 나와 있는 모양이니까요. 그렇죠?"

강이찬이 무표정한 얼굴로 고개를 끄덕였다.

"그렇습니다. 오늘 일은……."

"실례하겠습니다, 사장님. 무례를 용서하십시오."

구봉팔이 으르렁거리며 강이찬의 말을 끊어 냈고, 내가 무어라 말하기도 전에 구봉팔이 강이찬을 보며 입을 뗐다.

"그쪽의 정체가 뭐건, 실은 얼마나 대단한 인간이건 간에 그대가 지금껏 사장님과 나를 속여 온 것은 변함이 없소."

"……."

"그리고 그대는 사장님의 일거수일투족을 보고하고 있었겠지. 혹시 나나 조광의 일도 보고 대상에 포함되어 있지는 않았소?"

강이찬은 대답하지 않았다.

'즉, 조광 쪽 일도 어느 정도는 보고가 올라갔단 이야기로 군.'

구봉팔이 인상을 구겼다.

"그거 참 이상하구려. 나는 안기부가 간첩 빨갱이를 때려 잡는 곳이라고 생각했는데, 국내 사업가들 일에도 관심이 있 는 줄은 미처 몰랐소이다."

한 차례 비아냥거린 구봉팔이 말을 이었다.

"아니면, 조광과 여기 계신 사장님이 국가 안보에 위협이 될 거라고 생각하기라도 한 거요?"

"저는 회사에서 저를 사장님께 파견한 목적까진 모릅니 다."

강이찬이 담담하게 대답했다.

"제게 주어진 명령은 사장님의 곁에서 안전을 보장하는 것 이며, 사장님의 행적 보고 또한 제 임무의 일환이었습니다."

구봉팔은 쯧, 하고 혀를 차더니 눈빛을 예리하게 하며 강 이찬을 쏘아보았다.

"……혹시 몇 달 전, 운락정이란 곳에서 본 노인이 그대의 상사였소?"

"……."

"그랬구려. 나도 그날 있었던 일은 참 기이하다고 생각하 는 중이었소. 천하의 최갑철 의원을 돌려보낼 정도의 인물이 누가 있을까 하고 말이오. 그래, 안기부 간부쯤 되는 인물이라면 최갑철 의원이라 할지라도 군말할 수 없는 입장이겠지."

구봉팔도 말하지는 않았지만 그 부분을 신경 쓰고 있었던 모양이었다.

'다만, 지금 구봉팔은 감정적이야. 여기서 그가 몰라도 될 것까지 알 필요는 없지.'

나는 그쯤 해서 끼어들었다.

"그걸 염려하고 계셨던 거라면 이제 괜찮습니다."

구봉팔이 고개를 돌려 나를 보았고, 나는 재차 말을 이었다.

"지금 저는 그때 뵈었던 분과 협력 관계이니까요."

"……그게 무슨 말씀이십니까?"

"말 그대로예요."

나는 담담히 대꾸했다.

"그분과 저는 서로 이해관계가 맞아떨어지는 지점이 있었고, 지금은 서로가 협의점에 이르러 있습니다."

"……."

"구봉팔 씨도 그 정도만 알아주세요. 저도 길게 이야기드릴 수 없는 문제거든요."

구봉팔은 결국 두 손을 들었다.

"사장님께서 그렇게 말씀하신다면 저도 할 말은 없습니

다."

구봉팔도 지금껏 감시당해 온 것과 속아 온 일이 불쾌하기
는 하지만 당사자인 내가 괜찮다고 확인 도장을 찍었으니,
내 얼굴을 봐서라도 넘어가 주겠단 것이리라.

"이해해 주셨다니 고맙습니다."

"다만."

구봉팔이 착 가라앉은 눈으로 나를 보았다.

"제가 사장님께 입은 은혜와 별개로 저는 조광에 속한 몸
입니다. 사장님께서도 그 점을 양해해 주십시오."

"……알고 있습니다."

구봉팔은 어쨌건 의리를 아는 남자다.

지금 그가 조세화를 도와 그녀에게 협력하고 있는 건 조성
광에게 입은 '은혜'가 있기 때문이다.

'그 아들들에 의해 토사구팽을 당하기 직전이었던 것과 별
개로 조성광이 구봉팔을 키워 준 것 자체는 사실이니까.'

그러니 이 시간 이후로 구봉팔은 나로 인해 조세화에게 해
가 되는 일이 생긴다면 언제라도 내게서 등을 돌리겠단 엄포
를 놓은 것이다.

구봉팔이 고개를 돌려 강이찬을 보았다.

"하지만 사장님이 괜찮다고 하신 것과는 별개로 그대가 어
디 소속이라는 걸 안 이상, 오늘 있었던 일은 없던 것으로 해
야겠소."

그렇게 말하며 구봉팔은 자리에서 일어섰다.

"이만 실례하겠습니다."

"앉으세요."

내 말에도 구봉팔은 나까지 한통속이라는 양 가라앉은 눈으로 나를 노려볼 뿐이었다.

"사장님, 아무리 사장님이라 하더라도…….."

"구봉팔 이사님. 저는 지금 서로에게 이득이 가는 제안을 하려는 겁니다."

구봉팔이 눈을 부릅떴다.

"예?"

"사실, 생각해 보면 이번 건은 구봉팔 씨에게도 나쁜 이야기가 아니거든요. 나아가 세화한테도 말이에요."

구봉팔은 여전히 경계를 풀지 않은 채로 내게 물었다.

"……그게 무슨 말씀이십니까?"

"듣고 싶으면 앉으시죠. 아니면 이대로 나가실 건가요? 그래서는 지금 구봉팔 씨에게 찾아온 좋은 기회를 놓치는 셈이 될지 모르는데요."

그렇다고 내가 구봉팔을 붙잡고자 아무 말이나 뱉은 건 아니었다.

'사실, 이 기회를 잘만 이용하면 구봉팔에게도 나쁜 이야기는 아니게 될 거거든.'

갈등하던 구봉팔은 내 얼굴에서 진심을 읽은 건지, 아니면 나에 대한 어떤 부채 의식 때문인지 결국 하는 수 없다는 양, 자리에 털썩 엉덩이를 붙였다.

"저도 사장님께 신세 진 것이 있으니 일단 들어는 보겠습니다."

"고맙습니다."

나는 구봉팔에게 빙긋 미소를 보낸 뒤 강이찬을 보았다.

"그러면 어쨌거나 오늘 강이찬 씨의 용무는 파견 회사와 무관한 일이라는 거죠?"

강이찬은 딱딱한 얼굴로 대답했다.

"그렇습니다."

"좋습니다."

재차 확인을 마친 나는 이번엔 험악한 표정을 지은 채로 있는 구봉팔을 보았다.

"들으신 대로 오늘 이야기는 그쪽과 무관한 일이니, 구봉팔 씨도 염려하실 것 없습니다."

구봉팔은 헛웃음이 나오려는 걸 참는 표정이었다.

"……지금 그게 문제가 아니지 않습니까."

"아뇨, 그게 핵심입니다."

나는 진지하게 구봉팔의 말을 받았다.

"그건 구봉팔 씨가 조광 그룹의 이사이기 전에 구봉팔 씨 개인인 것처럼, 강이찬 씨도 어느 소속의 누구이기 이전 강이찬 씨 개인이라는 의미이니까요."

"······실례지만 사장님의 말씀은 궤변이라고 생각합니다."

"동시에 틀린 말은 아니라고 보는데요. 강이찬 씨는 지금 자신의 모든 것을 걸고 이 자리에 앉은 겁니다. 그러니 구봉 팔 씨도 조금은 그 성의를 인정해 주실 수는 없겠습니까?"

"······."

그가 지적한 대로 궤변이긴 하지만, 구봉팔은 '사나이'로서 강이찬을 폄훼할 생각까지는 없는 듯했다.

말마따나 그는 지금 우리에게 이 자리에서 자신의 모든 것을 걸고서 그 속을 열어젖히고 있는 것이다.

'또, 파고들면 이건 구봉팔이 아까 전까지 강이찬을 인정했던 부분과도 일맥상통하고.'

하지만 의리니 뭐니 하는 걸 내세우는 건 내 성향과도 다르고, 그런 감정적이고 추상적인 요소를 건드려 어떻게 해 볼 자신도 없다.

'여기서 내가 할 수 있는 건 사업가로서 서로에게 이득이 될 부분을 논하는 거지.'

상황을 비즈니스적으로 접근하는 건 내가 그나마 잘할 수 있는 것이니까.

나는 차분히 말을 이었다.

"광남파라고 했던가요."

나는 기억을 더듬어 강이찬이 언급한 조직 이름을 입에 담았고, 강이찬이 고개를 끄덕였다.

"그렇습니다."

"그러면 강이찬 씨는 광남파란 조직에 대한 정보는 언제 얻으셨습니까?"

"······."

강이찬은 대답하지 않았다.

'너무 포괄적이었나.'

질문 방식을 바꿔야겠군.

"그러면 이렇게 묻죠. 강이찬 씨가 동생분과 얽힌 조직에 대해 처음으로 인지한 때는 언제였나요?"

강이찬은 잠시 생각하다가 대답했다.

"작년 연말······쯤이었습니다."

그 말을 듣고 나는 다소간 공교로움을 느꼈는데, 해당 시기는 강이찬이 내 운전기사가 된 시기와 엇비슷했다.

'이진영이 내게 크리스마스 선물이랍시고 차를 사 주며 강이찬을 소개했지.'

내심 안기부와 선이 닿아 있던 이진영의 꿍꿍이가 새삼 마음에 걸렸지만, 지금은 그게 중요한 것이 아니니 일단 생각만 하고 접어 두기로 하자.

"그렇다는 건 강이찬 씨가 안기부 요원이 된 이후로군요. 그렇지 않습니까?"

"예."

"하면, 안기부에는 어떻게 들어가게 되었습니까?"

내 질문에 강이찬은 그답지 않게 곤혹스러운 표정을 지었다.

"그 부분은 말씀드리기 어렵습니다."

하긴, 요원 특채는 국가 기밀에 해당하는 일일 테니까.

"아, 캐물을 생각은 없습니다. 저는 그저 강이찬 씨가 공채를 보고 들어가신 건 아닌 것 같아서요."

"……."

"그러면 이렇게 묻죠. 안기부에 입사 당시, 안기부 측에서 강이찬 씨에게 먼저 접근하지 않았습니까?"

강이찬은 대답하지 않았지만, 왠지 느낌상 내가 찔러 본 내용은 정답인 듯했다.

'하지만 그걸로 충분해.'

강이찬은 우리 회사에 들어오며 서류에 기입한 대로 원래모 특수부대 출신이었고, 나는 그게 거짓이 아님을 안다.

그리고 강이찬은 아마 특수부대 내에서도 두각을 나타냈으리라.

한편 강이찬은 안정적인 공무원 생활(이 시대엔 공무원도 그다지 각광받는 직업은 아니지만)이나 투철한 애국심을 발휘하는 부류가 아니었으니, 안기부 측은 강이찬이라는 쓸 만한 장기말을 얻기 위해 별도의 협상 카드를 제시했을 것이다.

'그리고 그건 강이찬의 동생과 관련한 무언가였겠지.'

나는 강이찬의 개인사에 대해 모른다.

전예은도 강이찬에 대해 그저 그 인물됨이 믿음직하단 정도만을 내게 알려 주는 선에서 그쳤을 뿐이고, 그가 어떤 과거사를 지녔는지 말해 주지 않았다.

다만 전예은이 강이찬에 대해 이런저런 이야기를 하지 않은 건, 그가 내버려 두어도 내게 무해하다는 자의적 판단에 기인한 것일 터.

그러니 강이찬이 내게 온 것 자체는 정말로 경호가 목적이었을 공산이 컸고, 실제로 그는 내가 기대한 것 이상으로 맡은 바 임무에 충실했다.

하지만 그렇다고 해서 '강이찬이 아는 것'만이 오롯이 진실이라는 의미는 아니다.

아무리 전예은이라 할지라도, 만나 본 적도 없는 제3자의 목적이나 정황까지 꿰뚫어 보지는 못한다.

안기부 입장에서도 (소위 말해)싸움밖에 할 줄 모르는 강이찬에게 조직의 목적이나 의도를 알려 계획이 들통 나는 리스크를 감수하느니, 그에게 일차원적인 목적만 부여한 채 경과보고를 듣는 선에서 그치는 것이 합리적일 터.

'내가 보기에도 강이찬은 딱히 무언가를 잘 감춘다든가 말주변이 뛰어난 인물은 아니니까.'

나는 강이찬의 정체가 무엇이었단 것을 알게 된 뒤부터 그를 내게로 보낸 인물의 의향이 무엇이었는지를 내내 생각했다.

'지금 생각해 보면…… 그 표적은 아마도 내가 아닌 조광이었겠지.'

실제로 이진영은 내게 차와 강이찬을 선물한 이후 조광 측과 접점을 만들어 주었다.

내가 요한의 집을 통해 조광 그룹과 엮인 것 자체는 우연에 가까운 일이니 그들도 의도하지 않았겠지만, 나와 조광 사이를 엮어 낼 구실이야 만들어 내면 그만이다.

'더군다나 그때 이진영은 내게 재벌가 모임에 대한 이야기를 넌지시 흘려 댔고.'

이후 사태는 걷잡을 수 없을 정도로 흘러가기 시작하며 급기야 조설훈과 조지훈의 죽음이라는 극단적인 상황에 이르렀다.

비록 (지금은 그 위세가 예전만 못하다지만)천하의 안기부라 할지라도 처음부터 조설훈의 죽음까지 의도하지는 않았겠지만, 여기서 그들의 수단을 배제하고 목적만을 고려한다면 어떨까.

'즉, 현실적으로 범죄 조직 그 자체를 도려낼 수 없는 이상, 미국이 카르텔에 하는 것처럼 차라리 무던하고 말 잘 듣는 인물을 앉혀 두는 거야.'

만약 안기부가 그걸 의도했다면 조광이라는 구심점을 잃어버린 지금, 그들이 음지를 꿀꺽하는 것도 어렵지 않을 것이다.

'그렇게 보자면 내가 인수한 출판사에 자리를 마련해 달란

것도 블러핑의 일환이었겠지.'

그 첫걸음은 조광과 박상대라고 하는 전도유망한 정치인의 연결 고리를 끊어 낸 것부터 시작되었으리라.

그렇게 보자면 곽철용이 운락정에 나타나 최갑철과 대립각을 세워 가면서 나를 비호한 것은 그저 지우의 손주를 지키고자 함이 아닌, 박상대에게서 최갑철이라고 하는 막강한 후원자를 배제한 것에 지나지 않는 것이다.

실제로 최갑철은 이후 박상대를 은근히 밀어내기 시작했고, 박상대가 살인 혐의로 기소 직전에 몰리지 않았더라도 최갑철이 그를 고깝게 생각하는 점은 남아 있었을 것이다.

다만 극단적인 가설이니만큼 허점은 있다.

'전생의 조광에는 그런 조짐이 전혀 없었어.'

조짐은커녕, 전생의 조광은 조설훈이 무사히 회장직을 승계하며 승승장구했다.

조광이 이렇게 된 데에는 나라고 하는 변수가 작용했을 공산이 컸다.

최갑철이 박상대를 손절한 것은 그의 사생아를 알게 된 것이 계기이긴 하지만, 그 자체가 결정적인 사유는 아니었다.

내가 만나 본 최갑철이나 최서연은 그들의 야망을 위해서라면 어느 정도 흠결 정도는 덮고 지나갈 줄 아는 인물들이었다.

그러니 전생의 안기부가 박상대의 사생아 정보를 갖고 있

없다 한들, 최갑철로 하여금 박상대를 끊어 내게 하는 데엔 턱없이 부족했으리라.

'심지어 전생의 그 시기 박상대는 압도적인 표차로 당선되었지.'

국정원의 전신이랄 수 있는 안기부 자체가 대통령 직속 기관으로서 집권 여당의 성향에 방향성이 좌지우지될 민감한 기관이니만큼, 그 시점엔 이미 박상대와 최갑철 라인으로 이어진 조광은 안기부가 손댈 수 없는 부류였을 것이다.

'그러니 전생엔 음지를 손아귀에 넣고자 한 안기부의 프로젝트 자체가 실패한 것이라 치면 그뿐인 이야기이긴 하지만…….'

아닌 게 아니라 전생의 나는 강이찬이라는 인물을 만나 본 적도 없는 데다가 곽철용에 대해서도 이휘철의 바둑 친구 정도로만 알고 있을 뿐이었으니, 그들의 운명 역시 안기부가 국정원으로 개편되면서 소리 소문 없이 사라지고 말았으리라.

반면 다시 이번 생의 상황에 눈을 돌리자면 박상대와 연결 고리가 끊어진 조광은 안기부가 요리하기 쉬운 상태였다.

그러며 안기부가 들어 둔 무수한 보험 중 하나였을 나는 내 개인의 이익을 위해 움직이는 사이 그들이 바라는 방향으로 향했을 것이다.

'억측이기는 하지만…… 지금 생각해 보면 조설훈의 죽음에 안기부가 개입해 있을지도 모른다는 생각이 드는군.'

뭐, 이 자리에서 내가 생각한 바를 이들에게 발설할 생각
은 추호도 없지만 말이다.

'그래도 그 가능성 정도는 염두에 두어도 되겠지.'

아무리 두 번째 인생을 살고 있는 나라도 목숨 귀중한 줄
은 안다.

'안기부가 재벌가 장손인 나를 어떻게 할 거란 생각은 들지
않지만, 만사 불여튼튼 아니겠어.'

오히려 나로선 조세화며 양상춘이 내가 생각한 방향대로
사고하지 않게끔 컨트롤할 필요마저 생긴 셈이다.

'……차라리 그 부분을 잘 파고들면 곽철용과 협상할 여지
가 있겠군.'

양상춘은 둘째 치고 조세화라면 조설훈의 복수만 할 수 있
으면 그만일 테니까.

곽철용에게 부탁해 적당한 허수아비를 부탁하면 조세화의
복수도 얼추 마무리 지을 수 있을 터다.

'뭐, 그것도 어디까지나 안기부가 조설훈의 죽음에 관여해
있다는 전제하의 일이지만.'

어쨌건 내가 주목한 점은 안기부가 처음부터 광남파를 미
끼로 강이찬을 꼬드겼단 점이었다.

이건 달리 말해 안기부 측이 국내 범죄 조직 동향에 관심
을 기울이고 있다는 의미임과 동시에, 강이찬은 그런 그들에
게 좋은 장기짝으로 쓰일 여지가 다분하단 의미와도 상동한

것이니까.

'다만 그들이 간과한 건 강이찬의 배신 아닌 배신까진 예측하지 못했단 점이지.'

강이찬의 목적은 단순하다.

그는 딱히 안기부 요원의 기본 소양이라 할 수 있는 남달리 투철한 애국심이 있는 것도 아니며, 생계를 목적으로 입사한 것도 아니다.

그에겐 그저 복수라는 목적이 있을 뿐이고, 안기부는 그런 강이찬의 입장을 이용해 그를 써먹고 있는 것에 불과했다.

강이찬 역시 안기부에서 광남파에 대한 정보를 제공해 주는 이상 그들을 배신하지 않을 것이다.

그런 의미에서 보자면 안기부와 강이찬은 일종의 공생 관계라 볼 수 있는 사이.

'그리고 얼마 전, 그들은 강이찬의 이용 가치가 사라졌다고 판단했겠지.'

내가 그렇게 판단한 계기가 된 건, 얼마 전 다짜고짜 내 차에 올라탔던 김철수라는 안기부 요원이란 존재였다.

김철수는 내게 총을 선물로 주었다.

그 선물에 당시 내가 생각한 상징 이상의 의미가 담겨 있다면, 그들은 내가 권총을 어떻게 처분할지도 염두에 두었으리라.

'……혹시 어쩌면, 조설훈의 죽음에 그들이 관여하고 있었

단 걸 내가 알아주었으면 했다든가?'

음, 그건 내가 생각해도 억측이긴 하다만.

'아무튼 권총은 그들이 의도한 대로 무사히(?) 강이찬에게 전달되었고…….'

견물생심이라 했던가.

강이찬은 김철수(나)에게 이 '출처 불명인 권총'을 받고서 많은 생각에 잠겼을 것이다.

'그 뒤, 광남파란 조직에 대한 제법 상세한 정보가 강이찬의 귀에 흘러들어 갔겠지.'

아마도 그 시기는 차량 수리로 강이찬이 반강제적인 휴가를 취하고 있을 때였으리라.

그리고 강이찬도 인지하고 있듯, 조광은 현재 분열 조짐을 보이는 상황에서 차기 실세가 누구라는 것으로 혼란스럽다.

또한 그 차기 실세 중 하나로 꼽히는 구봉팔과 강이찬은 안면을 튼 사이였다.

안기부가 기대하는 건 강이찬을 이용해 광남파라는 조직을 와해시키거나 최소한 균열을 가하는 것일 터고, 오늘 내가 이 자리에 없었더라면 안기부는 손대지 않고 코 푸는 격으로 의도한 바를 달성했으리라.

'그리고 거기에 그들이 점찍은 사람을 심어 두는 식으로 영향력을 행사하고자 했겠지.'

그래, 그것도 '오늘 내가 이 자리에 없었다면' 벌어질 일이다.

안기부가 간과한 거라면, 강이찬은 이 중요한 협상 자리에 나를 끌어들였단 점이었다.

그것이 강이찬이 나를 신뢰하고 있어서인지, 아니면 단순히 배고픈 상사를 배려한 충동에서 비롯한 것인지는 중요하지 않다.

'중요한 건 내가 지금 이 자리에 있다는 것.'

그리고 이런 일로 유능한 부하를 잃는 건 내가 바라지 않는다는 점.

나는 고개를 끄덕인 뒤 입을 뗐다.

"알겠습니다."

나는 구봉팔과 강이찬을 번갈아 본 뒤 말을 이었다.

"그럼 저희는 이번 기회에 두 마리 토끼……. 아니, 세 마리 토끼를 잡아 보도록 합시다."

내 말에 강이찬과 구봉팔은 어리둥절해하는 얼굴을 했고, 나는 그런 그들을 향해 빙긋 미소 지었다.

"왜냐면 이 일로 저희는 정부 권력 기관을 등에 업게 될 테니까요."

내 발언에 구봉팔은 당황하다 못해 황당해하는 기색을 감추지 못했다.

"사장님, 그게 무슨 말씀이십니까?"

당황하기로는 강이찬도 마찬가지.

이 일의 당사자인 강이찬도 이번 일은 어디까지나 자신의 개인사에 불과할 뿐, 자신이 행하고자 하는 복수는 (정황상 언급하고 있는)안기부와는 무관하다고 판단하는 듯했다.

나는 구봉팔의 의문에 담담히 대답했다.

"제 생각에 안기부는 강이찬 씨를 이용해 광남파를 치려 하는 것으로 보입니다."

구봉팔은 멈칫하더니 인상을 찌푸리며 강이찬을 쳐다보았다.

"그러면 사장님 말씀은 지금, 저 사람을 비롯해 저희 모두가 안기부 손바닥 위에서 놀아나는 중이라고 말씀하시는 겁니까?"

빠르게 핵심에 다가선 구봉팔과 달리, 아직 상대적으로 사회 경험이 부족한 강이찬은 내 말에 담긴 진의를 파악하지 못한 듯했다.

'아니면 안기부가 자신을 도구 취급하려 한다는 걸 인정하고 싶지 않든가.'

냉정하게 말하자면 안기부 입장에서 그가 가진 무력과 별개로 강이찬은 이미 이용 가치를 다한 인물이었다.

아무리 빼어난 인물이라 하더라도 내 손에 넣을 수 없는 사람이라면 타인에 지나지 않는다.

하물며 차라리 애국심이라 불리는 추상적인 소명 의식이 있다면 모를까, 강이찬은 그 동기와 목적이 확실한 인물이니

만큼 그 목적을 달성하는 순간 목줄을 죌 수도, 당근을 흔들어 대도 꿈쩍하지 않을 사람인 것이다.

실제로 안기부에서 본 강이찬의 인물평은 꽤 정확해서, 그가 이 자리에 나를 초빙한 것부터가 그는 안기부가 지향하는 이상적인 인물상에서 한참 멀어진 인물임을 방증하고 있었다.

잠자코 있던 강이찬이 입을 열었다.

"번거로우신 줄은 압니다만, 괜찮다면 설명을 들을 수 있겠습니까."

"그러죠."

나는 강이찬과 구봉팔에게 내가 생각한 안기부의 목적을 간략히 설명했다.

'아직 그 실체가 명확하지 않으니 조설훈의 죽음에 안기부가 관여했을지도 모른다는 추측은 생략하겠지만.'

하지만 안기부가 광남파를 필두로 조광이라는 구심점이 사라진 대한민국 조폭 세계에 영향력을 행사하고자 한다는 말만으로도 강이찬의 얼굴이 딱딱하게 굳었다.

"이런 말씀을 드리기는 죄송합니다만, 억측이 지나치신 것 같습니다."

나는 부정하지 않았다.

"네, 그럴지도 모르죠."

나 역시도 강이찬의 지적을 단순한 현실 부정이라고는 생각하지 않는다.

내가 억측에 가까운 추론을 이어 가 나름의 결론에 이를 수 있었던 것도 어디까지나 전생의 기억과 현생의 차이에서 대조군을 형성할 수 있었기 때문이다.

하물며 당장 내일 일도 알 수 없는 보통 사람들은(분명히 말하지만, 이는 일종의 선민의식이 아닌 내가 처해 있는 상황 자체가 이미 일반적인 경우가 아니므로) 눈앞에 닥친 상황을 처리하는 것에도 온갖 신경을 기울여야만 한다.

반면, 나는 타고난 특수성으로 인해 남들에 비해 미래를 대비하는 일이 비교적 수월한 편이었다.

'더군다나 지금 현재 전생에 없던 일이 펼쳐지고 있다면 더 더욱.'

그렇다고 여기서 '전생에는 이런 일이 없었거든요' 하고 내 추론의 근거를 앞세울 수도 없으니 나는 다른 식으로 말을 풀었다.

"하지만 그런 것치고는 상황이 공교롭게 맞아떨어져 간다는 생각을 하고 있는 건, 여기서 저뿐인가요?"

구봉팔이 끼어들었다.

"솔직히 말씀드리면 저도 강이찬 씨의 생각에 동의하고 있습니다."

음, 그렇게 생각한 건 나뿐인가 보다.

"그리고 사장님 말씀대로라면 안기부에서 획책했다는 일

은 사소한 변수 몇 가지만으로도 틀어질지 모를 것들이 아닙니까? 당장 박상대……가 죽은 것만 하더라도 그렇습니다."

구봉팔은 박상대의 이름을 언급하며 잠시 저어하는 눈치였지만, 이내 방금 전까지 저어한 바를 내색하지 않으려는 듯 일부러 사무적인 어조로 말투를 고쳤다.

"박상대의 죽음은 정말로 우연히 벌어진 일이었습니다. 그것도 조광과 무관한, 사채를 끌어다 쓴 택시 기사의 충동에 의한 일이었습니다. 그때 박상대가 다른 택시를 타기만 했어도 그는 사망하지 않을 수도 있었습니다."

당일 박상대를 해외로 빼돌리려 한 당사자의 말이니만큼 더 설득력이 느껴지는 발언이었다.

'한편 범인의 동기를 아는 걸 보면 구봉팔도 박상대의 죽음에 대해 나름대로 조사를 한 모양이군.'

구봉팔이 말을 이었다.

"또한 그를 몰락에 이르게 한, 사전에 검열되었던 박상대의 사생아 소식이 대중에게 알려진 것은 조설훈의 지시에 의한 것이었습니다. 그리고 그날 일은 사장님께도 보고를 드린 바 있습니다."

"압니다."

나는 고개를 끄덕였다.

"구봉팔 이사님이 무슨 생각으로 제게 그런 말씀을 하시는지도 얼추 짐작이 가고요. 즉, 조광이 현 상황에 이른 것은 여러 가지 우연한 일이 겹쳐 그렇게 된 것일 뿐, 현실적으론 안기부가 이 모든 걸 획책했을 리 없단 말씀을 하고 싶으신 거겠죠?"

"······그렇습니다."

그래, 그게 가능하려면 사람의 마음을 조종하는 초능력 정도는 있어야 가능할 것이다.

'그리고 그런 게 가능하다면 애초에 이런 생고생을 할 필요도 없을 테고.'

나는 구봉팔을 보며 입을 뗐다.

"하지만 저는 안기부가 처음부터 철두철미한 계획을 세워 일을 진행시켰단 이야기는 하지 않았습니다."

"예?"

나는 머리를 긁적였다.

흠, 이걸 뭐라고 설명해야 할지.

나는 잠깐 생각한 뒤 입을 열었다.

"이사님 말씀대로 안기부가 강이찬 씨를 제게 붙인 이유가 처음부터 현 상황을 의도한 일이라면 제가 한 말도 억측일 수 있겠죠. 하지만 이사님도 아시다시피 사업이라는 건 언제나 변수에 대비해 그 상황에서 할 수 있는 최선의 방책을 세우는 것이거든요."

"······."

"그런 의미에서 보자면 다른 일도 크게 다르지 않다고 생각해요. 어쩌면, 안기부에서 강이찬 씨를 저에게 붙인 것도 처음엔 단순히 경호가 목적이었을 수도 있죠."

구봉팔은 떨떠름해하는 얼굴로 강이찬을 쳐다보았다가 나를 보았다.

"저도 사장님의 신분이 어떠하다는 것은 저도 압니다만……. 안기부에서 사장님께 사람을 붙일 까닭이 있는지는 잘 모르겠습니다."

구봉팔이 지적한 대로다.

이번 생의 내가 삼광 그룹 창립자의 장손인 것과 지켜보면 꽤 흥미로운 인물일 거란 건 분명하지만, 그렇다고 아직 초등학생에 불과한 꼬마—심지어 그땐 내 회사도 지금처럼 크지 않았다—에게 안기부의 한정된 자원과 귀중한 인력을 허비할 이유는 없다.

그럼에도 안기부가 나를 예의 주시한 까닭은 안기부 내에서도 꽤 높은 직급일 것으로 짐작되는 곽철용이 내 조부인 이휘철의 지인이어서는 아니었다.

'그리고 여기서 굳이 구봉팔에게 곽철용의 존재를 알릴 필요는 없지.'

운락정 때 안기부가 개입했다는 건 김기환도 알고 있는 일이니 어쩌면 구봉팔도 알고 있을지도 모르지만.

"아, 그건 말이죠."

나는 다른 이유를 들어 안기부가 내게 사람을 붙인 당위성에 대해 설명했다.

"절대로 의도한 바는 아니었습니다만 제가 안기부의 자금줄 중 하나를 건드린 모양이거든요."

"……예?"

구봉팔이 황당해하며 되물었다.

"사장님께서 안기부를 먼저 건드렸다는 말씀입니까?"

"말씀드렸잖아요. 의도한 바는 아니었다고."

"대체 뭘 하셨기에……."

나는 어깨를 으쓱였다.

"구체적으로 밝힐 수는 없지만 그 오해는 당사자와 만나 풀었습니다. 이사님께서는 신경 쓰지 않으셔도 돼요."

"……아 ……예."

곽철용이라면 내가 일산출판사를 채권으로 묶어 꿀꺽하려는 걸 눈치챘을 것이고, 당시 나는 설마하니 일산출판사가 안기부의 후원 비스무리한 걸 해 오고 있었을 줄은 전혀 짐작하지 못했다.

'그건 내가 똥 밟은 셈 쳐야 할 일이고.'

그리고 곽철용은 그때부터 이미 나를 예의 주시해 왔을 것이다.

'그러니 나를 타깃으로 고른 것도 당시 내가 인수하려던 일산출판사 건을 겸해 겸사겸사 사람을 붙인 거겠지.'

하지만 중요한 건 그 이면에 숨은 의도와 목적의 방향성이다.

내가 안기부의 위장 신분을 겸한 자금줄을 건드린 건 단순한(?) 해프닝으로 치부해도 될 일이지만, 나를 통해 조광을 감시한 건 별개로 칠 일이다.

"그리고 이사님께는 지금에야 말씀드리는 거지만, 강이찬 씨를 제게 소개한 사람이 조세광도 소개해 주었거든요."

구봉팔은 그 말에 고개를 홱 돌려 강이찬을 보았다.

"그게 사실이오?"

이제 와서 뭘 숨기랴 싶은데도 강이찬이 대답하지 않아서 내가 대신 말을 받았다.

"이쯤하면 안기부에서 저를 통해 조광의 핵심층에 접근하려 했다는 제 생각도 억측은 아니겠죠?"

"······하면, 사장님께 조세광을 소개한 인물은 누구입니까?"

구봉팔도 이진영을 골프장에서 보았음에도 불구하고 그는 설마하니 이진영이 장본인일 거란 생각까진 못 하는 모양이었다.

'하긴, 나도 깜빡하기는 하지만 이진영도 아직 어린 편이기는 하지.'

나는 구봉팔에게 일부러 미소를 지어 보였다.

"사안이 사안이니만큼 제가 발설하지 못하는 것을 서운하게 생각하지 말아 주셨으면 합니다. 또, 굳이 알아보려 생각하시는 것도요."

"······."

구봉팔은 대답 대신 인상을 구길 뿐이었다.

안기부 입장에 조광 그룹은 예의 주시해서 나쁠 것 없는 기업이었다.

태생부터가 야쿠자의 자본으로 커 왔단 의혹이 있는 기업이었고, 손을 씻은 듯 보이지만 여전히 국내 범죄 조직들에 영향력을 끼치고 있는 데다가 오랫동안 쌓아 올린 인맥을 통해 국내에서도 손꼽히는 대기업으로 거듭났고, 이젠 정치권에 줄을 대려 하는 곳이기도 했다.

그러나 안기부는 조광을 직접 터치할 수 없으니, 그 대신 나를 통해 그들에게 간접적인 접근을 꾀했을 거라는 것이 내 생각이다.

'때마침 조성광 회장이 오늘내일하던 시기였으니, 조만간 조광에 파란이 일 것이라는 것쯤은 누구라도 짐작했을 거야.'

그렇게 나를 통해 단순 정보 수집만을 하려던 안기부의 기대 이상으로 나는 일을 잘 해냈다(?).

후계자 문제로 골머리를 싸매는 조광은 그 와중 여러 우연과 실책을 통해 분열이 가속화했고, 급기야 궁지에 몰린 조설훈은 해서는 안 될 일까지 하다가 '죽음'에 이르고 말았다.

'그리고 만약 조설훈의 죽음에 안기부가 관여해 있던 거라면, 정황상 여러 가지 일이 맞아떨어지게 되지.'

양상춘과 대화를 나눠 보고 안 일이지만, 조지훈의 죽음은 조설훈이 꽤 갑작스럽게 결행했을 일임에도 불구하고 그가 당초 계획했던 대로만 진행되었더라면 완전범죄가 될 수도 있는 일이었고, 동시에 조지훈 파벌을 배제하는 명분까지도 얻을 수 있었다.

더군다나 만일 조지훈의 사후 조설훈이 조광의 모든 이권을 손에 넣었다면 그 누구의 견제도 받지 않는, 전생과는 또 다른 형태의 조광이 완성되었을지도 모른다.

'그러니 솔직한 심정으론…… 누군지는 모르겠지만 잘도 조설훈을 죽여 줘서 고마울 지경인데.'

이 솔직함을 다른 사람에게 알렸다간 내 인격을 의심받게 될 테니 입에서 꺼낼 일은 없지만.

'어쨌건 조설훈의 죽음은 안기부가 의도한 바가 아니라는 식으로 말해야 구봉팔이 협조적으로 나오겠지.'

나는 재차 말을 이었다.

"어쨌건 지금 상황이 안기부에겐 절호의 기회일 거라는 것은 분명하겠죠. 안기부로서는 이번 상황을 이용해 '국익'에 도움이 되는 방향으로 상황을 끌어갈 생각이 가득할 테니까요."

구봉팔은 곰곰이 생각에 잠겼다가 입을 뗐다.

"그렇다면 사장님께서는 저희가 이 상황을 이용할 수 있을 거란 말씀이십니까?"

"예, 저는 지금 안기부의 당면한 목적이 국내 범죄 조직을 통제하에 두는 것이라 생각하고 있습니다. 저는 그들의 목적이 뭔지 알게 된 이상, 그리고 우리가 그들의 의사에 반할 생각이 없다면 정식으로 손을 잡는 것도 가능하단 생각을 하고 있어요."

물론 그들과 정식으로 손을 잡는다고 해서 이 일 자체가 '공식적'인 일이 되지는 않겠지만.

구봉팔이 고개를 주억거렸다.

"현 상황에서는 그렇게 보이는군요. 사장님 생각대로라면 상황 자체는 그다지 나쁘지 않은 것 같습니다."

구봉팔의 말마따나, 이제 합법적 기업으로 발돋움하고 있는 조광 입장에서도 잔존해 있는 국내 범죄 조직은 발바닥에 난 티눈처럼 내버려 두기 껄끄러운 요소였다.

그러잖아도 분열의 조짐이 표면 위로 부상해 있는 조광이다.

비록 그 영향력이 예전 같지는 않은 데다가 수도권이 아닌 지방의 일이라 할지라도, 물류 유통 사업을 주된 업무로 삼고 있는 조광 입장에서 부산항에 영향력을 잃는 건 장기적인 관점에서 결코 바람직하지 않은 사태였다.

더군다나 강이찬이 언급한 광남파라는 조직은 '감히' 마약에 손을 대고 있는 모양이니, 이는 다시 말해 조광의 영향력이 약화되고 있다는 징조이기도 한 것이다.

구봉팔이 자세를 고쳐 앉았다.

"하지만……."

구봉팔은 잠시 말끝을 흐린 뒤 강이찬을 힐끗 살피며 말을 이었다.

"오늘처럼 강이찬 씨가 독자적으로 행동하려는 것으로 보아, 저는 그들이 눈감아 주는 일에 그치는 거라면 모를까, 저희에게 '협조적'으로 나올 것으로는 보이질 않습니다."

일리 있는 지적에 나는 고개를 끄덕였다.

"그렇겠죠. 안기부 입장상 이번 일에 관여한 적 없는 것으로 비치고 싶을 테니 말입니다."

심지어 만에 하나 강이찬이 경찰에 체포된다고 할지라도 그들은 '전혀 모르는 일'이라며 발뺌을 할 여지도 다분했다.

"하면, 저희가 할 수 있는 일은 그들의 묵인하에 일을 진행하는 정도가 최선으로 보입니다만."

구봉팔은 짐짓 부정적인 말투였지만, 나는 구봉팔의 말에서 그가 이번 제안을 꽤 긍정적으로 검토 중이라는 것을 느꼈다.

'구봉팔 입장에서는 못해도 본전은 건지는 일이니까. 아니, 우리가 끼어드는 일 없이 안기부만으로 이 작전을 성공시킨다면 오히려 입장이 곤란해질 여지마저 있어.'

그런 의미에서 보자면 구봉팔은 구봉팔대로 나름 외통수에 걸린 입장이었다.

하지만 그것도 내가 움직이고자 한다면 이야기가 달라진

다.

'지금 그들과는 어쨌건 비즈니스적인 관계를 구축 중이니까.'

그때 잠자코 있던 강이찬이 입을 열어 끼어들었다.

"두 분께선 이 일을 너무 어렵게 생각하시는 것 같습니다."

강이찬이 말을 이었다.

"회사가 어떻게 생각하고 있건 간에 이번 일은 결국 제 개인의 문제입니다. 그러니 당초 말씀드린 대로 이사님만 개의치 않아 주신다면 저 혼자 해결해 보겠습니다."

강이찬의 말에 구봉팔은 미간을 찌푸렸다.

"아니, 나는 허락하지 않겠소."

강이찬이 무표정한 얼굴로 따져 물었다.

"이사님, 아까 하신 말씀과 대답이 달라지셨습니다."

그런 강이찬을 향해 구봉팔이 비릿한 미소를 지었다.

"아까? 아, 그래. 내 기억에 의하면 조금 더 말미를 주든가, '내가 모르는 사이' 알아서 일을 처리하라고 한 그거 말이오?"

"예."

"상황이 달라졌소. 따지고 보면 그것도 '허락'한 것은 아니고."

"……."

구봉팔은 곧 미소를 거두곤 표정이 딱딱하게 굳은 강이찬

을 물끄러미 쳐다보더니, 한참 동안 비어 있던 강이찬의 빈
잔에 술을 채워 넣었다.

"더군다나 이대로 내버려 두면 그쪽이 괜한 개죽음만 당할
거란 생각이 드는구려."

"제 안위라면 이사님께서 신경 써 주실 것 없습니다."

"오해하지 마시오. 솔직히 말하면 강이찬 씨가 객사를 하
건 콘크리트 통에 들어가건 내 알 바 아니니까."

어조가 꽤 강경했다.

"그쪽이 싸움깨나 한다는 건 나도 알고 있소. 하지만 집단
을 상대하는 건 또 다른 이야기지. 게다가 광남파라는 조직
이 마약에도 손을 대고 있다면 모르긴 몰라도 길거리 양아치
수준은 아닐 거요."

"……."

"방금 내가 개죽음이 될 거라고 했지만 개죽음이면 차라리
다행이겠군. 광남파에서 그쪽을 처리하고 나면 조폭이 사람
을 죽었단 명분이 생겨날 테니, 안기부는 공권력을 움직여
두 번째 범죄와의 전쟁을 벌일 수도 있소. 게다가 그들이 마
약류를 취급하고 있단 것을 경찰이 알게 된다? 두말할 것도
없겠지."

구봉팔은 강이찬이 안기부 요원이라는 것을 알고 나서부
턴 그 뒤의 일까지 상정한 듯했다.

아마 안기부는 구봉팔이 예상한 방향으로 사태가 흘러가

길 바랄 것이다.

구봉팔이 말을 이었다.

"그러니 이제 돌아가는 모양이 어떻게 되었다는 걸 알게 된 이상, 내가 그쪽의 손을 빌리게 되면 나만 우스운 꼴이 되고 말 거요. 뿐만 아니라 만에 하나, 그대가 광남파란 조직을 소탕하는 일에 성공한다면 그 빈자리를 안기부가 집어삼키겠지. 그건 내게도 별로 좋은 일은 아니오."

그것도 어디까지나 작전이 성공한다는 전제하의 이야기지만.

구봉팔은 자신의 잔에 술을 직접 채워 넣은 뒤 술잔을 들어 보였지만 강이찬은 잔을 받지 않았고, 그럼에도 구봉팔은 신경 쓰지 않는다는 듯 혼자서 잔을 꺾었다.

"그러니."

구봉팔이 탁, 소리 나게 잔을 내려놓았다.

"나로서는 차라리, 강이찬 씨가 움직이기 전에 지금 당장이라도 애들을 소집해 부산으로 내려보내는 편이 나을 정도요."

"……진심이십니까?"

강이찬은 마치 맹견이 제 구역을 넘보는 상대를 위협하듯 구봉팔을 쳐다보았고, 구봉팔도 그 시선에 눈 하나 깜짝 않았다.

"이래 봬도 괜한 허풍을 늘어놓는 성격은 아니어서. 입에 담은 말은 실천하는 편이오."

"……."

만약 내게 전생의 경험이 없었다면 엉엉 울며 오줌을 지렸을 것 같은 일촉즉발의 분위기였다.

나는 이쯤 해서 끼어들었다.

"그만들 하세요. 싸울 거면 나가서 싸우시든가."

내 말에 강이찬은 고개를 숙였고, 구봉팔도 떨떠름해하며 자세를 고쳤다.

'거참, 애들도 아니고.'

어쨌거나 구봉팔과 강이찬의 궁합이 최악이라는 건 알 것 같다.

"다시 이야기를 돌리도록 하죠. 어쨌건 강이찬 씨가 아무런 방해 없이 '개인적인 용무'를 하고자 한다면 구봉팔 이사님뿐만 아니라 제 허락도 구해야 할 겁니다."

내 말에 강이찬이 숙였던 고개를 들었다.

"예? 그건……."

"뭐긴요. 저는 강이찬 씨의 무단결근을 받아들이지 않겠다는 겁니다."

"……."

"만약 강이찬 씨가 내일 회사에 출근하지 않으면 저는 즉각 어디론가 전화를 걸 거예요. 그러니까 쓸데없는 생각은 하지 마세요."

내 협박에 강이찬의 무표정한 얼굴 근육이 움찔했고, 구봉팔은 내 눈치를 살피다가 슬쩍 끼어들었다.

"그게 무슨 말씀이십니까?"

나는 구봉팔을 향해 빙긋 웃어 보였다.

"아까 전 이사님께 제가 안기부와 의도치 않은 불미스러운 일로 엮였다는 말씀을 드린 바 있죠?"

"……아, 예. 그리고 당사자와 만나 오해를 풀었다는 말씀도 하셨지요."

떨떠름한 어조로 대답하는 구봉팔은 내가 대체 무슨 마술을 부려 '누구도 다치는 일 없이' 안기부와 오해를 풀었는지 의아해하는 눈치였다.

나는 담담히 구봉팔의 말을 받았다.

"아무튼 그런 일이 있고 보니 저 나름대로 안기부와 연이 닿고 말았거든요."

그래서 내가 강이찬에게 '어디론가 전화를 건다'고 협박하는 일이 가능하다는 걸 깨달은 구봉팔은 혀를 내둘렀다.

"그러십니까."

"뭐, 그러지 않더라도 내일 날이 밝으면 전화를 걸어 볼 생각이기는 해요."

강이찬과 구봉팔이 눈을 껌뻑였다.

"예?"

"뭐, 잘만 설득하면 저희에게 '협조'할 수 있도록 시도해 볼 수도 있지 않을까 싶거든요."

내 말에 담긴 의미를 해석한 구봉팔은 기겁하며 나를 보았고, 강이찬도 꽤 좌불안석인 기색이 됐다.

"사장님께서 직접 안기부를 설득해 보겠단 말씀입니까?"

입 밖에 내지는 않았지만, '미쳤냐'고도 들리는 말이었다.

구봉팔이 저렇게 나오는 것도 조금은 이해가 갔다.

구봉팔이 속한 세대에 안기부는 그 이름을 입에 담아서는 안 될 악의 축이자 무시무시한 권력기관인 것이다.

'내 입장에선 그렇지만도 않은데 말이야.'

거기엔 내 신분이 보장되는 이상 안기부는 나를 섣불리 건들지 못할 거라는 확신도 있지만, 안기부는 조만간 국정원(국가정보원)으로 개편되며 예전의 위세를 잃는다는 지식도 내 과감성에 한몫했다.

사실상 지금도 그 위세는 추락하는 중이었고, 지금 시점에선 이미 구봉팔이 기억하는 것처럼 길가에 돌아다니던 개를 붙잡아 그 개로 하여금 '생각해 보니 저는 고양이일지도 모릅니다' 하고 고백하게끔 만드는 힘은 없었다.

심지어 앞으론 남북 관계도 평화 무드를 조성하게 될 테니, 대북 방첩을 목적으로 한다는 안기부의 설립 취지도 명분을 잃으며 그들도 달리 제 앞가림을 해야 할 때가 온다.

그런 의미에서 보자면 국내 범죄 조직에 영향력을 행사하겠다는 이번 작전은 안기부가 예전의 그 지위를 되찾을 정도는 아닐지언정 그들로 하여금 '국가 안정화'의 새로운 존재의의를 발굴하고자 하는 일에 다름 아닌 것이다.

'뭐, 썩어도 준치라고 그 조직이 무시무시하지 않다는 의미는 결코 아니지만.'

이런저런 일을 차치하더라도, 내 입장에선 (조만간 국정원이 될)안기부 뒷배를 만들어 둔다면 미래에 생겨날지 모를 내 암살 위험에도 대비하는 것이 가능할지도 모른단 계산이 서 있었다.

'어쨌거나 국내에서 정보력으로는 손꼽힐 만한 조직이니, 그들로 하여금 나를 잃는 것이 국익에 뼈아픈 손실인 걸 각인시켜 두면 혹시 모를 일에 방파제를 추가할 수 있게 될 거야.'

지금 안기부가 나를 지켜 주고 있다면, 그건 곽철용의 입김이 닿아 있기 때문일 것이다.

하지만 나는 곽철용의 영향력이 영원할 것으로 보지 않았다.

그러니 곽철용이 은퇴를 하건 아니면 노환으로 사망하건, 나로선 그 영향력이 남아 있을 때 그들과 따로 줄을 만들어 두는 편이 유리하다.

'그리고 그 관계는 수십 년이 지나도 남아 있을 만큼 가늘고 오래 가는 것이 좋겠지.'

나는 미소를 유지한 채 구봉팔의 말을 받았다.

"너무 어렵게 생각하실 것 없습니다. 저는 그들에게 '제안'을 하려는 것이지, '부탁'을 하고자 하는 게 아니니까요. 안기부 입장에서도 이사님이 협조하고자 한다는 이야기를 들으면 사안을 긍정적으로 검토할 겁니다."

"……."

구봉팔은 갈등하다가 대답 대신 한숨을 푹 내쉬었다.

다시 말하지만, 지금 구봉팔은 나름대로 외통수에 걸린 입장이었다.

'아예 처음부터 강이찬의 배후를 인지하지 못했다면 모를까, 알게 된 이상은 발뺌하기 어렵게 됐어.'

나는 속으로 웃으며 구봉팔의 빈 잔에 소주를 따라 주었다.

"그렇게 됐으니 내일은 다들 바쁘게 움직여야겠군요."

구봉팔은 내가 따라 준 술을 공손히 받으며 반쯤 포기한 기색으로 대답했다.

"……그러면 저는 광남파라는 조직에 대해 알아 두겠습니다."

"그래 주시면 고맙고요. 강이찬 씨?"

강이찬은 불만스러운지 아닌지 모를 무표정한 얼굴로 대답했다.

"예, 사장님."

"오늘은 택시 타고 들어갈 테니까 강이찬 씨도 운전하지 마세요."

"……물론입니다."

"그러면 건배라도 하죠."

나는 찻잔을 들었고, 구봉팔과 강이찬은 별로 내키지 않는단 듯 잔을 들었다.

"혹시 부족한 게 있으면 더 주문하시고요. 걱정 마세요. 계산은 제가 합니다."

계산뿐이랴, 이 일로 얻을 이득도 내 것이다.

5장

"그러면 먼저 가 보겠습니다."

이성진이 탄 택시가 도심 불빛 속으로 사라졌다.

이성진을 택시에 태워 보낸 뒤 구봉팔과 강이찬은 거리에 남았다.

"자, 그러면."

구봉팔이 고개를 돌려 강이찬을 보았다.

"댁이 어디요? 부하를 시켜 바래다주겠소이다."

피차 사교적인 성격과는 거리가 멀어서일까, 용무를 마쳤으니 더 이상 시간을 끌 필요 없이 자연스레 만남을 파하려는 구봉팔에게 강이찬은 의외의 대답을 내놓았다.

"이사님만 괜찮으시다면, 그전에 술 한잔 더 하시지 않겠습니까?"

구봉팔은 강이찬이 먼저 나서 그런 제안을 하는 것이 의외라는 듯 그를 물끄러미 보다가 픽 웃었다.

"나쁠 거 없지. 하지만 너무 달리진 말아야 할 거요. 강이찬 씨가 내일 출근하지 않으면 사장님께서는 당장 어디론가 전화를 걸 테니까."

구봉팔의 가시 섞인 농담을 강이찬은 무표정하게 받았다.

"아침에 사장님 댁까지 모시러 가기만 하면 됩니다."

"그렇소? 하면 댁은 어디요?"

강이찬이 주소를 말하자 구봉팔은 눈썹을 씰룩였다.

'굳이 따지자면 SJ컴퍼니 사옥 근처이기는 한데…… 이성진의 집과는 거리가 꽤 멀어.'

이성진의 집이 있는 S동은 강북에 자리한 반면, 회사 근처에 숙소를 얻은 강이찬의 집은 강남에서도 꽤 남쪽으로 내려와야 했다.

강이찬이 이성진을 차에 태우는 것으로 출근을 시작하고, 이성진을 집까지 바래다준 뒤에야 퇴근하는 것을 감안하면 무척 비효율적인 동선이었다.

그래서 구봉팔은 잠시 매사에 합리성을 추구하는 이성진의 성격이라면 그걸 내버려 둘 리가 없다고 생각했다가, 이내 이성진이 강이찬이 먼 길을 출퇴근하도록 내버려 둔 까닭을 읽어 내곤 내심 고개를 끄덕였다.

'즉, 이성진은 처음부터 그를 완전히 신용하지 않았단 것이야.'

아닌 말로 이성진의 넓은 자택에 강이찬 한 명 정도 기거할 자리가 없지는 않다.

실제로 그 부친인 이태석의 운전기사는 그 자택에 기거하고 있다지 않은가.

하지만 구봉팔도 오늘에야 강이찬의 정체가 무어라는 것이 드러난 이상, 이성진은 강이찬이 '집 안에 숟가락이 몇 개인지' 알아낼 기회 자체를 원천 차단한 것임을 깨달았다.

'아무렇지 않은 척 능청을 떨면서 속으론 온갖 수를 계산하고 있군.'

별것 아닌 것처럼 보이는 일상 하나하나에도 이성진이 하는 모든 일엔 의미가 있다.

'아무튼 징그러운 꼬맹이야.'

구봉팔은 그렇게 생각하며 속으로 혀를 내둘렀지만, 실상은 이성진도 별로 깊이 의미를 두지 않은 행동이었다.

근 미래 서울 집값이 어떻다는 걸 뼈저리게 느끼며 살아온 이성진은 그러잖아도 부촌에 속한 자신의 동네에 강이찬처럼 젊은 사회인이 산다는 건 어렵지 않을까 생각했을 뿐이었고, 그를 집에 들이는 것은 그의 무의식중에 남아 있던 '얹혀산다'는 느낌 탓에 고려하지 않은 것뿐이었다.

생각을 정리한 구봉팔은 고개를 저었다.

"그러면 차라리 오늘은 내 집에서 자고 가시오. 아무튼 분당보다는 사장님 댁에 가까우니까."

"아닙니다. 폐를 끼칠 수는……."

구봉팔이 픽 웃었다.

"신경 쓰지 마시오. 남정네 집에서 자는 것에 거부감이 있는 거라면 모를까, 어차피 쓸데없이 넓은 집이니."

구봉팔이 어조를 조금 진지하게 고쳐 말을 이었다.

"그리고 내일 출근이 늦으면 곤란해지는 건 댁뿐만이 아니외다."

"……그렇다면 알겠습니다. 오늘 하루 신세지겠습니다."

구봉팔은 고개를 끄덕이곤 부하 한 사람을 시켜 강이찬의 차를 집 주차장에 가져다 놓으라고 명령했다.

강이찬이 건넨 자동차 열쇠를 받아 든 부하는 그대로 자리를 떴고, 그 뒤 강이찬은 구봉팔과 뒷좌석에 나란히 올라탔다.

"오셀로로 가지."

"예, 이사님."

부하가 차를 몰았다.

"내가 예전부터 관리하던 술집이오."

구봉팔은 딱히 묻지도 않은 걸 먼저 입에 담았다.

"사장님을 모시기엔 불편하지만 2차로 갈 땐 괜찮지. 내 집이랑 멀지도 않고 말이오."

구봉팔이 말하는 바는 그곳이 누구의 방해도 받지 않을 프라이빗한 공간임을 의미하는 것이었다.

그리고 둘은 한동안 자연스러운 침묵 속에서 차에 몸을 맡겼다.

"사적으로 뭣 좀 물어봐도 되겠소?"

구봉팔이 툭 던진 말에 강이찬이 고개를 돌렸다.

"말씀하십시오."

"이걸 한참 전에 물어야 했는데, 나이가 어떻게 되시오?"

그야말로 운전기사를 의식하지 않아도 될 사적인 질문이었다.

"스물여섯입니다."

"한창 때군. 이제 와서는 새삼스러운 이야기지만 말 놓아도 되겠소?"

이미 반쯤은 하대 비슷한 걸 하고 있는 마당에 정말로 새삼스러운 말이었다.

"……상관없습니다."

"그래. 그러면 그러도록 하지."

그 뒤, 둘은 다시금 자연스러운 침묵 속에 잠겨 들었다.

이윽고 그들은 구봉팔이 '오셀로'라고 말한 단란주점에 도착했다.

단란주점과 연이 없는 강이찬은 구봉팔이 안내한 이 술집이 어떻다는 것은 잘 몰랐지만, 구봉팔의 입장과 동시에 우르르 몰려나와 넙죽 허리를 굽혀 인사하는 직원들을 보며 구봉팔의 위세가 어떻단 것쯤은 실감할 수 있었다.

"가볍게 마시고 갈 테니 방 하나 세팅하게."

구봉팔의 한마디에 실장은 또 한 차례 넙죽 허리를 굽힌 뒤 웨이터에게 눈짓을 했다.

"8번 룸으로 모셔."

"예, 실장님."

짬이 제법 차 보이는 웨이터는 그 부하들에게 'VIP'라고 속삭였다.

"세팅만 해 둬. 내가 가져갈 테니까."

"네, 형."

이어서 웨이터는 몸을 꾸벅 숙였다.

"이쪽으로 모시겠습니다."

웨이터의 안내를 받아 방으로 들어온 구봉팔과 강이찬은 커다란 탁자를 사이에 놓고 마주 앉았다.

"이찬이 자네, 담배 피우나?"

"아뇨. 안 피웁니다."

"그렇군."

구봉팔은 재떨이를 끌어와 담배에 불을 붙였다.

그는 담배를 한 모금 빤 뒤 강이찬을 보며 입을 뗐다.

"아까 보니 술을 즐기는 성격도 아닌 것 같던데."

"그런 편입니다."

"천성인가?"

"그런 거 같습니다."

"술도 담배도 하지 않는다, 바람직하군. 주량은 제법 세 보이는데."

"조절해서 마시고 있습니다."

"그래. 그게 좋지."

구봉팔 자신도 딱히 남 말할 처지는 아니지만 어쨌건 강이찬은 윗사람이 좋아하지도, 부하가 따르지도 않을 재미없는 성격이었다.

하지만 구봉팔은 어째 그런 데면데면한 강이찬이 꽤 마음에 들었다.

'내가 마음에 드는 것과는 별개로.'

구봉팔이 다시 입을 열었다.

"이런 자리니 하는 말이지만, 이찬이 자네는 처음부터 나를 그다지 좋아하지 않았지."

구봉팔의 말에 강이찬은 고개를 숙였다.

"죄송합니다."

변명이나 부정하지 않는 것이 더 마음에 들었다.

"아니 사과할 건 없고. 내가 자네 입장이라도 마땅히 나를 경계했을 거야."

"……."

"하지만 첫인상이야 어쨌건 자네는 이후로도 나를 볼 때면 여전히 경계를 풀지 않았지. 나는 그게 자네가 처한 입장 때문이라는 생각은 들지 않더군."

구봉팔이 눈여겨본 대로, 구봉팔이 이성진과 몇 가지 일처리를 하며 서로 간에 신뢰를 쌓아 갔던 것과 달리 강이찬은 구봉팔을 향한 은근한 적의를 풀지 않았다.

당시만 하더라도 구봉팔은 불쾌감을 느끼기는 하였지만 그와 엮일 일이 없다는 생각과 강이찬이 이성진의 호위를 겸하고 있다 보니 그 불쾌감에 대해 털어놓은 적은 없었다.

그나마 나중엔 그 적의가 구봉팔 자신에게만 향한 것이 아님을 알게 되고 나서부턴 조금 마음을 풀었지만, 그럼에도 이는 짚고 넘어갈 문제라고 생각했다.

어쨌거나 지금은 좋든 싫든 한배를 탄 사이였다.

배신과 협잡이 난무하는 바닥에서 살아온 구봉팔은 그가 직업상 후천적으로 습득한 처세술 때문에라도 강이찬과 해묵은 감정을 풀어낼 필요가 있다고 생각하던 차였다.

하물며 지금은 참견꾼(이성진, 13세)도 사라졌겠다, 이제 다 큰 성인들만 남았으니 구봉팔은 술을 빌려 제법 진솔한 대화를 이어 갈 수 있으리라 기대하는 눈치였다.

구봉팔이 말을 이었다.

"혹시 그건 동생이 그렇게 된 것과 무관하지 않은 건가?"

"……."

강이찬은 대답하지 않았다.

그건 대답을 거부하는 것이 아닌, 강이찬도 그 나름대로 흉금을 털어놓고자 하는 상황을 자청하기는 했으나 막상 상황이 닥치니 쉬이 입이 떨어지지 않는 것에 가까웠다.

'기름칠이 더 필요한 모양이군.'

구봉팔은 조금 성급했다고 자책하며 담배를 한 모금 태웠다.

"죄송합니다."

강이찬은 구봉팔이 담배를 두 모금쯤 더 태울 때가 되어서야 입을 열었다.

"그로 인해 이사님께서 불쾌감을 느끼셨다면 드릴 말씀이 없습니다."

"아니. 지금이라도 오해를 풀었으면 됐지. 나도…… 아까는 자네가 속한 회사에 대해 선입견이 있어서 날을 세웠으니 그건 쌤쌤으로 치자고."

"감사합니다."

조금 솔직하게 나올 줄 알았더니 여전히 태도가 딱딱하다.

구봉팔은 오늘따라 세팅이 늦는 것 같다고 생각하며 재떨이에 담배를 비벼 껐다.

"그리고 이쪽 일이라는 게 선입견이 생겨도 이상하지 않은 거란 것쯤은 사실이지. 사회의 밑바닥 찌꺼기가 모여드는 곳이니, 섣불리 믿지 않는 편이 좋아."

구봉팔의 말에는 세상 꼰대들이 늘어놓는 '하지만 나는 다르다'는 비틀린 선민의식이란 없었고, 오히려 자신의 입장과 처지를 스스로도 알고 있다는 자조마저 느껴졌다.

"그런 의미에서 우리 이성진 사장님이 내세우는 '비즈니스적 관점'이라는 것이 더욱 빛을 발하는 거겠지. 믿을 수 없다면 서로에게 더 큰 이득이 될 만한 방향을 택하면 그만이라는 식의……."

때마침 들려온 노크 소리에 구봉팔은 하려던 말을 멈췄다.

"실례하겠습니다."

앞서 구봉팔과 강이찬을 안내했던 웨이터가 트레이에 각종 안주와 양주병을 담아 방으로 들어왔다.

강이찬은 웨이터가 상 차리는 모습을 물끄러미 쳐다보았고, 이내 재빨리 상차림을 마친 웨이터는 그들에게 넙죽 허리를 굽혔다.

"그러면 즐거운 시간 보내십시오!"

"음."

구봉팔은 고개를 끄덕이곤 잔에 얼음을 넣었다.

"아저씨가 말아 주는 술이라 미안하게 됐군."

"아닙니다."

강이찬은 이런 문화가 생소한 것인지, 구봉팔이 하는 양을 물끄러미 쳐다보았고, 구봉팔은 강이찬의 시선을 의식하며 얼음이 든 잔에 위스키를 따를 즈음 해서야 입을 열었다.

"몇 가지 여쭤보아도 되겠습니까?"

"뭔가?"

"웨이터에게 팁은 나중에 줍니까?"

강이찬의 말에 구봉팔은 헛웃음이 나오려는 걸 참았다.

"그게 궁금했나?"

"……예."

조금 귀여운 구석도 있군.

구봉팔이 픽 웃으며 대답했다.

"팁이라……. 보통은 여자를 부를 때나 팁을 주고는 하지."

구봉팔 스스로는 술자리에 여자를 불러내는 걸 나서서 하지 않는 편이지만, 벽창호 같은 강이찬이 밤 문화에 호기심을 보이는 것이 신기했는지 묻지도 않은 이야기를 늘어놓았다.

"웨이터에게 팁을 안겨 주는 만큼 좋은 여자가 들어올 확률도 높아지거든. 그만큼 서비스도 좋아지고. 뿌린 돈만큼 대접을 받는다는 것이 이 바닥에선 상식이니까. 그리고 웨이터는 받은 팁을 여자와 나누거나 하지."

"그렇다면 방금 전 웨이터는 이사님께 팁을 기대하지 않았겠군요."

"그렇다고 할 수 있겠군. 더욱이 내가 이 업소 장이다 보니, 내가 이들에게 팁을 주는 것도 조금 우스운 꼴이고…… 다른 동네는 모르겠지만, 여기선 그런 불문율이 자리 잡고 있어. 자네는 그게 신경 쓰인 건가?"

강이찬은 대답 대신 잠시 생각에 잠겼다가 다시 입을 뗐다.

"이사님께서는 이 술집에 자주 오시는 편입니까?"

대답 대신 질문이라.

구봉팔은 예의에 어긋난 행동을 하는 강이찬을 보며 그에게 술잔을 밀었다.

"일단 내가 관리하는 곳이니만큼 꽤 자주 오는 편이지. 지금처럼 누군가를 대접할 때면 더더욱."

업소 주인이 조광의 차기 실세 후보 중 하나라는 것쯤은 이 바닥에서 파다하게 퍼진 소문 중 하나다.

그 덕분인지 단란주점 오셀로는 다른 주점에 비해 깽판을 놓는 이가 드물었고, 어쩌다 진상 고객이 한 번쯤 나와도 점원들 선에서 적당히 처리가 될 정도였다.

"그러면 방금 전 웨이터는 이사님과 잘 알고 지내는 사이입니까?"

그쯤 하니 구봉팔은 연거푸 이어지는 강이찬의 질문이 밤문화에 대한 단순한 호기심 차원이 아닐지도 모른다는 것에 생각이 미쳤다.

"……그래서 무슨 말이 하고 싶은 건가?"

구봉팔의 말에 강이찬은 자신 앞에 놓인 술잔을 물끄러미 바라보다가 대답했다.

"자리를 옮기는 편이 좋겠습니다."

"……흠."

구봉팔은 손에 든 위스키를 한 바퀴 돌린 뒤 그대로 내용물을 카펫 바닥에 주르륵 쏟았다.

　"계속해 보게."

6장

　분명 각 방마다 문이 닫혀 있음에도 불구하고 쿵짝거리는 음악 소리는 단란주점 복도를 울려 댔다.

　"어서 오……."

　단란주점 오셀로를 찾아온 장정 셋은 입구에 있던 실장을 밀치며 빠른 걸음으로 8번 룸을 향해 나아갔다.

　그리고 덜컥, 8번 룸 문을 열어젖힌 그들은 사람 없이 텅 빈 방을 보며 멈칫했다.

　"뭐야, 어디 갔어?"

　그럼에도 불구하고 일이 잘못되었다는 걸 깨달은 건, 그 직후 맞은편 룸과 좌우에서 장정들이 우르르 쏟아져 나올 때가 되어서였다.

"이런 쌍!"

그들은 그제야 일이 잘못되었다는 걸 깨닫고는 품에서 회칼을 꺼내 들었지만 그들도 엉성한 자세로 칼을 휘둘러 댔을 뿐, 뒷걸음질 치는 사이 금세 방구석으로 몰리고 말았다.

상황은 싱겁게 마무리되었다.

괴한 셋은 자신들이 이미 수세에 몰렸다는 걸 알았고, 아무리 날고 기어도 방 앞에 빼곡하게 진을 친 장정 여럿을 뚫고 지나가긴 글렀다는 걸 깨달은 것이다.

마른침을 꼴깍 삼키며 서로를 보는 괴한들 앞에 야구방망이며 양주 병을 손에 든 부하들을 헤치고 구봉팔이 나섰다.

셋 중 가장 앞에 선 놈이 회칼을 손에 꾹 쥐었지만, 구봉팔은 그런 사내를 보며 담담히 입을 뗄 뿐이었다.

"상황 끝났다."

구봉팔의 말에도 그들은 저마다 눈치를 살필 뿐이었고, 구봉팔은 한숨을 내쉬며 부하들에게 눈짓했다.

"데려와."

그 말에 부하 둘은 아까 전, 구봉팔과 강이찬을 방으로 안내한 웨이터의 겨드랑이를 끼고 앞으로 나섰다.

"히, 히익……."

웨이터는 선 자세에서 다리가 덜덜 떨리고 있었다.

저 새끼가.

회칼을 든 사내는 웨이터를 죽일 듯 노려보았지만 이 상황에서 무엇을 할 수 있을까.

계획은 탄로 났고, 현실적으로 생각하면 순순히 투항하는 것 외엔 방도가 없다.

심지어 난투 중의 흥분이 있었다면 미친 척 이래 죽으나 저래 죽으나 마찬가지라는 생각에 칼이라도 휘둘러 보았을지 모르지만, 지금은 서로가 냉정했다.

대부분의 싸움은 화약고나 다름이 없어서 도화선에 불을 붙이면 터지기 마련이다.

하지만 그 도화선에 찬물을 끼얹어 버리면 화약은 터지지 않는다.

패싸움이라면 잔뼈가 굵은 구봉팔은 싸움이 벌어지는 데에는 기세가 중요하다는 걸 그 누구보다도 잘 알았고, 그 초반 기세를 어떻게 잡고 가느냐에 따라 상황의 주도권을 잡는 것도 가능하다는 것도 알았다.

그러니 이제 싸움은 벌어지지 않는다.

구봉팔은 이제 갓 성인이 되었을까 싶은 이 새파란 젊은이들 머리 꼭대기 위에 서 있는 것이다.

구봉팔이 도열하고 선 부하들을 보았다.

"나가 있어라."

"예? 하지만……."

하다못해 무기라도 뺏어야 하지 않겠냐는 말을 하려던 부하는.

"쯧."

구봉팔이 혀 차는 소리에 하는 수 없이 우르르 몰려온 것처럼 우르르 룸을 나갔다.

정작 어리둥절한 것은 괴한들이었지만, 그들도 이 상황의 의아함을 입에 담을 생각은 하지 못했다.

한편 구봉팔은 태연히 그들 앞으로 걸어와 소파에 앉았다.

"니들도 앉지 그래."

구봉팔의 말에도 괴한들은 마른침만 삼키며 서로를 볼 뿐이었다.

결국 구봉팔이 다시 입을 뗐다.

"나쁜 말은 안 할 테니까 좋게 말할 때 잠자코 앉아."

"……."

움찔하는 괴한을 본 구봉팔은 덤덤히 잔 네 개에 술을 따르며 덧붙였다.

"아니면 자신이 없나?"

"……쳇."

개중 리더로 보이는 남자가 테이블을 사이에 두고 구봉팔 맞은편에 앉자, 둘은 눈치를 살피며 그를 따랐다.

구봉팔은 술잔 세 개에 얼음을 탄 뒤 그들 앞에 슥 밀었다.

"마셔."

"……."

"왜, 약이라도 탔을까 봐 그러나?"

구봉팔은 픽 웃으며 술에 아무 장난질을 쳐 두지 않았다는 양 보란 듯 자신 앞에 놓인 스트레이트 위스키를 한 모금 마셨지만, 그럼에도 그들은 술에 손대지 않았다.

구봉팔이 한 모금 마신 술잔을 탁자에 내려놓았다.

"그래, 누가 시켰냐?"

"……."

"어차피 너희들이 입을 안 열어도 방금 웨이터를 족치면 나올 이야기다."

"……."

"뭐, 좋아."

실제로도 아는 바가 없겠지.

구봉팔이 소파에 등을 붙였다.

"그보다 내가 누구인지는 아나?"

"……."

"모르는 것 같군. 나는 구봉팔이라고 한다."

아마 저들이 조금 더 연배가 있어서 이 바닥에 몸담은 세월이 가미되어 있었더라면 구봉팔의 이름 석 자에 경악했겠지만, 그들은 구봉팔의 이름을 모르는 눈치였다.

구봉팔은 그 반응에서 저들이 일회용으로 쓰다 버려질 놈들이었다는 걸 확신했다.

하기야, 그들이 처리하려던 대상이 누구인지 알았더라면 이토록 허술하게(?) 쳐들어오지도 않았으리라.

구봉팔이 덧붙였다.

"이 소개도 덧붙여야겠군. 나는 지금 조광 그룹 등기이사로 재적 중이다."

구봉팔이라는 이름은 몰라도 조광이 뭘 하는 곳인가 하는 것쯤은 삼척동자도 안다.

구봉팔의 뒤이은 소개에 그들은 저마다 아연실색했고, 방금 전까지 경계를 늦추지 않고 허세를 부리던 리더가 가장 먼저 무너져 내렸다.

"모, 몰랐습니다! 여기가 조광에서 관리하는 곳이라든가 하는 건……. 저, 저희는 그저 시키는 일만……."

구봉팔은 이 새파란 것들의 반응을 보며 내심 쓴웃음을 지었다.

'이 바닥도 물이 많이 탁해졌단 말이야.'

하긴, 먹고살려고 이 바닥에 발붙이고 있던 그 시절과 지금은 시대가 다른 것이다.

뭘 하건 어쨌거나 굶주릴 걱정은 하지 않아도 될 풍요의 시대에 들어선 이제, 그런 절박함이나 악바리 근성을 기대할 시대는 아니었다.

그렇다고 해서 구봉팔 역시 그런 새삼스러운 사실을 훈계할 생각은 없었다.

자신에겐 그럴 자격도 없고, 그 시대를 미화할 생각도 없었으니까.

"알겠으니까 그만해라."

구봉팔의 한마디에 이제 그는 즉각 입을 다물었다.

방금 전까지 구봉팔이 누구인지도 모르던 때와 지금은 상황이 달라졌다는 건 저 바보들도 뼈저리게 깨닫고 있는 것이다.

"너희도 여기까지 오면 이해했겠지만, 니들도 이용만 당했을 뿐이다. 내가 누구인지 알았다면 너희도 여기 올 일이 없었겠지. 안 그러냐."

이제는 즉각 대답이 터져 나왔다.

"예, 예!"

"나도 마찬가지다."

구봉팔이 씩 웃으며 리더를 보았다.

"만약 니들이 내가 누군지 알고도 덤빈 거라면 그에 상응한 대가를 치르게 해 줬겠지만……."

그가 미소 속에 살기를 담아 한 말에 꿀꺽, 하고 마른침 삼키는 소리가 여기까지 들리는 듯했다.

"……내가 누군지 모르고 한 거라면 책임 소재는 니들한테 일을 맡긴 윗선에 따져야지. 그게 공평한 거고."

"……그, 그런 거 같습니다."

구봉팔이 고개를 끄덕였다.

"그래. 니들이 뭘 알겠냐. 아무 말도 안 하고 일을 맡긴 웨이터 놈이 문제지."

구봉팔의 말에 그들의 얼굴이 험악하게 굳었지만, 그건 구봉팔을 향한 것이 아닌 원망의 대상을 찾은 것에 지나지 않았다.

저들처럼 강자에게 약하고 약자에게 강한 부류에겐 자신들의 죄를 덜고 일의 책임을 떠넘길 존재를 찾기 마련이니까.

"정말입니다! 저희는 그냥 방에 들어가서 사람 한 명만……."

아무리 '연기 중'인 구봉팔이라도 그 말만큼은 들어 주기 힘들었는지 저도 모르게 인상을 구겼고, 그 바람에 리더는 입을 다물었다.

'이건 내 실수군.'

구봉팔은 표정을 고치는 대신 그 상태로 입을 뗐다.

"너희도 이 바닥에 오래 있을 생각이면 두 번 세 번씩 생각해야 한다. 최소한 내가 처리하고자 하는 인물이 누구인지, 이 일을 시킨 인간이 무슨 의도를 갖고 있었는지 정도는 파악해 둬야지."

일부러 꼰대처럼 훈계조로 늘어놓은 뒤, 구봉팔은 표정을 풀고 다시 잔잔한 미소를 지었다.

"한편으론 시도 자체는 높이 사고 있네. 나도 용기 있는 젊은이들은 싫어하지 않거든. 요즘은 그런 친구들이 영 없어서 재미가 없었는데."

적의라고는 전혀 느껴지지 않는 구봉팔의 말에 조금 여유가 생겼는지 그들은 서로를 보며 눈치를 살폈다.

어쩌면, 이번 일로 거물의 눈에 든 걸지도 모른다.

그리고 이 일로 조광의 거물 눈에 들어, 별 볼 일 없는 양 아치였던 자신에게 광명이 깃들게 될지 모른다.

히트맨을 포용하여 오른팔로 쓰는 조직 보스라는 건, 각종 매체에서 단골 소재로 쓰이지 않던가.

분명 그렇게 생각하고 있는 것이리라.

'멍청이들.'

구봉팔은 속으로 생각하며 잔을 들었다.

"자, 이것도 인연인데 한 잔 들지."

"가, 감사합니다!"

사람의 신경이란 것은 고무와 달라서, 강하게 조였다가 풀어지면 탄성을 잃고 축 늘어지는 법이다.

아마, 저들은 긴장이 극한에 이른 상황에서 구봉팔 같은 거물이 자신을 인정해 주는 것에 경계를 풀어 버렸는지, 구봉팔이 건넸던 술잔을 얼른 들었다.

구봉팔은 잔을 들이켰고, 그들이 자신을 따라서 술을 쭉 들이켜는 걸 싸늘한 시선으로 보다가 빙긋 웃으며 잔을 내려 놓았다.

"그러면 자네들은 아는 바가 없고, 모두 우리 술집 웨이터가 시킨 일이란 의미지?"

"예, 그렇습니다."

리더가 입가를 닦았다.

"그놈이 삐삐를 치면 그때 저희가 들어가서…… 그러기로 했습니다."

"그리고 나서 혼란을 틈타 재빨리 빠져나오면 된다?"

"예."

"계획 자체는 훌륭하군."

"감사합니다."

그 뒤 그들과 몇 가지 영양가 없는 이야기를 이어 가며, 구봉팔은 손목시계를 힐끗 쳐다보았다.

'슬슬 때가 되었나.'

리더가 말을 이었다.

"그, 그래서 저는, 사장님을 여기서 뵌 게 참으로……."

쿵.

그 말을 끝으로 놈은 탁자에 머리를 박더니 움직이지 않았다.

그 모습에 다른 놈들도 기겁하며 자리에서 일어서려 했지만, 그대로 다리가 풀려 주저앉고 말았다.

"어, 어어?"

놈들은 팔다리를 허우적대다가 소파에 축 늘어졌고, 구봉팔은 싸늘한 눈으로 그들을 보며 위스키를 한 모금 더 마셨다.

'나도 저런 꼴을 볼 뻔했다 이거군.'

조설훈이 조지훈에게 했던 것처럼, 웨이터는 얼음에 약을 타 두었던 것이었다.

구봉팔이 잔을 내려놓으며 목소리를 높였다.

"들어와!"

그 말에 언제라도 달려올 수 있도록 밖에서 대기 중이던 부하들이 우르르 몰려왔다.

"부르셨……."

부하들은 약에 취해 뻗어 있는 괴한들을 보며 말을 잇지 못했고, 구봉팔이 괴한들을 향해 턱짓했다.

"왔으면 저놈들 끌고 가라."

"예!"

구봉팔의 부하들은 인사불성인 그들을 들쳐 업고 방을 빠져나갔다.

한편 부하들을 따라 룸으로 들어온 강이찬은 방을 나서는 부하들의 뒷모습을 물끄러미 보다가 구봉팔의 말에 고개를 돌렸다.

"앉게."

"……예."

강이찬은 가타부타하지 않고 방금 전까지 그들이 앉아 있던 구봉팔의 맞은편에 자리를 잡았다.

구봉팔은 새 잔에 스트레이트로 술을 따라 강이찬에게 건넸다.

"대접이나 하려고 했더니 못 보일 걸 보이고 말았군. 그래도 오늘은 자네 덕을 좀 보았어."

"아뇨. 이사님이 무사하시니 다행입니다."

"말 그대로야. 까딱하면 오늘이 제삿날이 될 뻔했으니까."

강이찬의 말을 받으며 구봉팔은 그를 힐끗 살폈다.

'……이 상황에 그걸 짐작하다니, 감이 좋다고 치부할 수준조차 아니군.'

상황은 강이찬의 말대로 흘러갔다.

강이찬은 웨이터가 수작을 부려 놓았을 거란 말을 구봉팔에게 전했고, 구봉팔이 알아보니 강이찬의 말대로였던 것이다.

그들은 구봉팔이 술에 취해 정신을 잃었을 때 웨이터의 삐삐를 받고 들어와 그를 제거하려 했다.

구봉팔은 어차피 밑져야 본전이란 생각으로 웨이터를 불러 협박을 했더니, 웬걸 웨이터는 겁에 질려 자신이 아는 바를 술술 불었다.

그 뒤 구봉팔은 손님들을 내보내곤 각 방에 부하들을 심어두고 웨이터로 하여금 삐삐를 치게 했다.

'그다음은 뭐, 계획대로.'

잔을 홀짝이는 구봉팔을 보며 강이찬이 입을 뗐다.

"그래도 방금 전에는 위험했습니다."

"그렇지."

구봉팔은 부정하지 않았다.

실제로 구봉팔은 방금 전까지 태연한 척 상황을 주도해 나가고 있었지만, 내심 신경이 바짝 곤두서 있었던 것도 사실이다.

구봉팔이 말을 이었다.

"그래도 우리 애들 다치는 것보다는 낫지 않나?"

"……."

이제 그는 굳이 '무력을 쓰지 않아도 될' 상황이라면 그러지 않는 편이 낫다는 걸 알게 되었다.

사실 쪽수로 밀어붙여 제압하자면 못할 것도 없겠지만 상대는 날붙이를 들고 있었으니, 자칫 부상자나 사망자가 나올 수도 있는 일이었던 데다가 구봉팔은 이 일에 경찰이 개입하길 원치 않았다.

그런 의미에서 구봉팔이 세 치 혀로 괴한들을 제압한 건 여러모로 실보단 득이 큰 상황이라 할 수 있었다.

'아마 예전의 나 같으면 그놈들이 쳐들어오자마자 애들을 시켜 제압하게 했겠지만…….'

구봉팔은 마냥 싫지만은 않은 쓴웃음을 지으며 술을 한 모금 더 마셨다.

'……무의식중에 이런 일에서도 득실을 따져 손해를 최소화하려는 걸 보면, 나도 꼬마 사장님한테 물이 든 모양이야.'

한편 강이찬은 구봉팔이 따라 준 술잔에 손도 대지 않은 채로 담담히 물었다.

"죽일 겁니까?"

감정이 느껴지지 않는 강이찬의 말을 들은 구봉팔은 피식 웃었다.

"이 친구, 나를 그런 식으로 생각하고 있었던 건가?"

"⋯⋯."

"뭐, 그렇다고 곱게 돌려보내기엔 어쨌건 사람을 죽이려고 한 놈들이니, 그게 괘씸해서라도 교육은 해야지."

"나중에 보복을 하려 들지는 않겠습니까?"

그 말에 구봉팔은 강이찬이 '윤리적인 문제'로 양아치들 뒤처리를 물은 게 아님을 깨닫곤 표정을 고쳤다.

그는 오히려 '후환을 없애 두는 것'을 전제로 말한 것이다.

'이 친구, 그렇게 안 봤는데 꽤나 극단적이군. 그 사장에 그 부하라고 해야 하나.'

그 앳된 외모에 깜빡 속기 쉽지만, 구봉팔이 보기엔 이성진도 '필요하다면' 윤리적인 문제는 접어 두고 일을 처리할 인간이었다.

오늘만 하더라도 이성진은 강이찬의 '복수'가 어떤 결말을 초래하게 될지 뻔히 알면서도 '복수는 아무것도 낳지 않아요' 같은 상투적인 말을 하기는커녕, 이 일에 끌어들일 수 있는 자원을 긁어모아, 보다 철저하게 임해야 함을 주창했다.

'이 일로 감수할 리스크보다는 그렇게 해서 얻을 게 더 크

단 의미지.'

　이성진은 어쩌면 이 일로 안기부를 앞세워 국내 범죄 조직을 그림자에서 좌지우지할 힘을 얻고자 할지도 모른다.

　'동시에 여기 있는 강이찬의 신망까지도.'

　강이찬이 신뢰할 수 없는 인간인 것은 아니지만, 그는 안량 문추의 목을 베고 나면 조조의 품을 떠나갈 관우 같은 자였다.

　강이찬의 사정은 잘 모르나 원한을 잊지 않고 와신상담하며 때를 기다릴 줄 아는 인물은 입은 은혜에도 그만한 가치를 부여할 줄 안다.

　하물며 그가 자신의 인생을 걸고 매달려 있는 문제라면 더더욱.

　'이 일이 잘만 성사된다면 강이찬의 신망을 얻는 것이 이성진이 얻을 가장 큰 수확이지.'

　아직 나이가 어려 깊은 신뢰 관계를 구축할 시간이 여물지 않아 이렇다 할 부하가 없는 이성진에게 자신의 등 뒤를 맡겨야 하는 강이찬의 신망을 얻는 건 그 무엇보다 큰 자산일 것이다.

　'나도 풍문으로 들은 것이기는 하지만, 조설훈이 중히 쓰던 행동대원을 단박에 무력화시킬 정도였다고 하니…… 호위로 이만한 남자는 좀처럼 찾기 힘들 거야.'

　배신과 협잡이 난무하는 비열한 거리에서 살아온 구봉팔

은 사람의 마음을 사는 것이 얼마나 어려운 일인지 잘 알고 있었고, 이성진은 이때를 놓치지 않고 자신의 인망을 계획적으로 쌓아 올리려 하는 중이었다.

'목적이나 이득을 위해서는 수단과 방법을 가리지 않는 인간이지.'

그랬기에 구봉팔도 한때 조설훈을 살해한 것이 이성진의 지시가 아닌지 의심했던 것이다.

'불행인지 다행인지 그런 건 아니었지만 말이야.'

한편으론 이성진이 걸으려 하는 길 끝에는 대체 무엇이 있는지가 궁금했다.

아닌 말로, 이성진은 누구나 부러워할 축복받은 환경에서 태어났다.

가만히 앉아만 있어도 장래의 부귀영화가 약속된 환경인데 벌써부터 '이 정도까지' 열과 성을 다해야 하는 까닭이란 대체 무얼까.

'……그걸 천성, 이라고 하면 나도 할 말은 없지만.'

다만 마냥 그렇다고 치부하기엔 왠지 거기엔 절박함마저 묻어나 있는 느낌이어서, 구봉팔은 이성진이 행하는 일에 자신이 생각하는 것 이상의 의미가 있는 것은 아닌가 하고 생각하는 것이다.

'어쨌건 지금은 한배를 탄 사이니, 그 꼬마가 앞으로 어떤 행보를 걸어갈지 지켜봐야겠군.'

이 자리에 없는 이성진을 생각하느라 잠시 뜸을 들였던 구봉팔은 다시 입을 뗐다.

"별 볼 일 없는 놈들이야. 야산에 대가리만 내놓고 몇 시간 묻어 둘 걸세. 놈들도 그런 경험을 한번 하고 나면 이 바닥에 두 번 다시는 발붙일 생각을 하지 않을 테지."

"……."

"사람이란 어중간하게 손을 보면 복수를 생각하기 마련이네. 하지만 죽기 직전까지 손을 봐 주면 오히려 내게 '살려 줘서 고맙다'는 은혜를 느끼게 되더군."

그제야 강이찬은 구봉팔이 준 술을 한 모금 마셨다.

"그전에 이 일을 사주한 자가 누구인지에 대한 정보는 얻어야 하지 않습니까."

"글쎄. 나는 놈들이 뭔가 대단한 걸 알고 있다는 생각은 하지 않아서."

구봉팔이 담담하게 말을 이었다.

"놈들을 털어 봐야 영양가 있는 건 나오지 않을 거라고 보네. 운이 좋다면야 이 일을 누가 사주했는지 알아낼 수도 있겠지만, 그것도 운이 좋아야 가능한 일이지."

구봉팔이 말하는 '운이 좋다'는 것엔 습격을 사주한 인물이 꼬리가 밟힐 멍청이이길 바라는 것도 포함하고 있었다.

"만약 놈들이 나를 성공적으로 담가도 내 부하들은 그게 어디 사는 누군지 알아냈을 거거든. 어디 듣도 보도 못한 놈이 돈을 펑펑 써 댄다는 것만 알아도 범인이 누군지 특정할 수 있었을 테니, 내 습격을 사주한 놈도 놈들이 한 번 쓰고 버릴 말이라는 걸 감안했겠지."

구봉팔이 빈 잔을 내밀자 강이찬이 술을 따라 주었다.

"그렇다면 이사님의 습격을 사주한 인물에 대해선 이사님도 짐작 가는 바가 없으신 겁니까?"

"나야 워낙 죄를 많이 짓고 살아서."

구봉팔은 자조적으로 웃으며 잔을 들었다.

"그래도 대강 짐작은 가네. 이제 와서 나를 건든다는 건, 다시 말해 이 시점의 나를 고깝게 생각할 만한 부류겠지. 그리고 자네도 알다시피 조광이라는 회사 입장에 나는 굴러들어 온 돌이지 않나."

"……이사님께서는 이 일을 사주한 자가 조광 그룹의 관계자라고 생각하십니까?"

고개를 끄덕인 구봉팔이 술을 홀짝였다.

"지금이야 번듯한 직함을 파고 거들먹거리며 앉아들 있지만 본질은 나 같은 조폭 나부랭이지. 그런 부류가 생각하는 거야 뻔해. 앞길을 가로막는 게 있다면 치운다, 그걸 성공 공식으로 삼고 있는 자들이거든."

"……."

"그리고 이런 시기에 내가 없어지면 당장 이득을 볼 인물이 누구인가 생각하면 그 정도가 후보로 손에 꼽히니까 말이야. 뭐, 나는 나대로 이 상황을 이용해 볼 생각이지만."

구봉팔은 그 '방법'을 설명하지 않고 잔을 내려놓았다.

"그나저나 아까 얼핏 듣기는 했다만, 이찬이 자네는 웨이터가 나를 배신하려 했다는 걸 어떻게 눈치챘나?"

강이찬이 대답했다.

"웨이터가 너무 친절해서 그랬습니다."

"응?"

"이 술집의 실질적인 소유자는 이사님입니다만, 직원의 급여 관리를 비롯한 실제 경영은 실장이 하고 있죠. 그러니 일봉만 받으면 그뿐인 단순 계약직인 웨이터 입장에서 이사님께 잘 보여 봐야 큰 의미는 없고, 이사님도 팁을 잘 뿌리는 편이 아니니 다른 직원들보다 경력이 앞서는 그가 자청해 이사님을 접대하려 들지는 않을 거라고 생각했습니다."

"······."

"그리고 그 웨이터는 이사님께 잘 보여 범죄 조직에 몸 담아 보려는 생각도 없어 보였으니, 이 상황에 신중을 기해도 나쁘지 않다고 판단했을 뿐입니다."

강이찬은 나름 근거를 들어 구봉팔에게 웨이터를 의심한 사정을 설명하고 있었지만, 그 근간엔 직관이 맞닿은 '감'이 자리 잡고 있었음을 구봉팔도 모르지 않았다.

'이유는 나중에 붙인 거고, 사실상 본능적으로 위험을 감지한 거지.'

이런 강이찬이 곁에 붙어 있는 한, 이성진에게 물리적으로 위해를 가하기란 쉽지 않을 것이다.

'이런 인재는 돈으로도 구하기 힘들어. 돈을 많이 준다고 따르는 인간도 아니지만.'

이성진은 그런 강이찬의 자질마저 알아보고 있는 것인가, 하는 생각이 들자 구봉팔은 속이 쓰렸다.

'새삼 느끼는 거지만 우리 꼬마 사장, 적으로 돌리면 안 될 사람이야.'

사실, 이성진도 강이찬의 능력을 높이 사고는 있지만 그도 강이찬이 이 정도일 줄은 짐작조차 못하고 있었다.

그 장대한 착각 속에 구봉팔은 생각한 바를 내색하지 않으며 웃어 보였다.

"이 친구, 이 바닥 생리를 잘 꿰고 있구먼. 한가락 했나 보이."

"……공공연히 말할 건 아닙니다만, 저희 회사에도 소위 돈줄이라 말할 업장 몇 개가 있습니다. 그래서 저도 '공부' 차원에서 업소 생리에 대해 조금 배운 바가 있습니다."

즉, 강이찬이 구봉팔의 단란주점에 대해 시시콜콜한 것까지 물어본 건 이 술집만의 특질인가 하는 걸 궁금해한 것이지, '밤 문화'가 낯설어서 그랬다는 의미가 아니었단 이야기였다.

"이거, 인재를 못 알아봤군."

구봉팔이 농을 섞어 강이찬의 말을 받았다.

"그렇다면 자네는 당초 내가 자네의 '개인적인 일'을 도와 주는 대가로 실장 노릇을 해 주려 했나?"

비록 농담을 섞기는 했지만, 꽤 굵은 가시도 섞인 물음이었다.

"그걸 바라신다면."

이거, 농담이 통하질 않는 친구로군.

구봉팔이 쓴웃음을 지었다.

"뭐, 어차피 '계산'은 이성진 사장님께서 해 준다고 하셨으니 자네도 그 부분은 더 이상 신경 쓸 필요가 없지만……."

구봉팔이 말을 이었다.

"나도 어차피 이번 일은 자네에게 '대가'를 받지 않아도 개입을 고려했을 걸세."

"감사합니다."

"고마워할 거 없네."

구봉팔이 술을 한 모금 마셨다.

"자네가 모시는 사장님이 할 법한 표현을 빌리자면 그게 '상호 이득'이 되는 방향이니까. 지방 쪽에서 일이 잘못되면 조광에도 영향이 가기 마련이거든."

구봉팔은 잔을 내려놓으며 빙긋 웃었다.

"하지만 오늘 내가 자네에게 빚진 것은 따로 상응하는 보답을 할 테니 염려하지 말게나."

강이찬은 담담히 구봉팔의 말을 받아쳤다.

"이사님이 방금 제게 하신 말씀을 빌리자면, 이사님도 제게 고마워하실 일이 아닙니다. 그들의 칼날은 저에게도 향했을 테니까요."

강이찬이 덧붙였다.

"그리고 저는 이사님께서 오늘 같은 일에 아무런 대비도 하지 않으셨다고 보지 않습니다."

"나를 꽤 고평가하는 모양이군."

"다른 방은 몰라도 이 8번 방 곳곳에는 감시 카메라가 있으니까요."

"……."

"그러니 이사님께서 약에 취해 쓰러졌다면 부하들이 즉각 이변을 눈치채고 와 주었을 겁니다. 방금도 갑작스러운 호출에도 불구하고 꽤 많은 인원이 모였으니, 이사님께서도 대비는 하고 계신 거라고 보았습니다."

구봉팔이 입꼬리를 올렸다.

"걱정 말게. 녹음은 되지 않으니까."

"그럴 거라고 생각했습니다."

"자네, 재미없는 친구군."

"자주 듣습니다."

구봉팔이 픽 웃었다.

"뭐, 좋아. 자네 뜻이 정 그렇다면 오늘 일은 단순한 해프닝으로 넘기지."

"예."

"하지만 그것과 별개로 나는 오늘 자네에게 몇 가지 물어 봐야겠어."

사실상 그것 때문에 강이찬과 따로 오늘 이 자리를 마련한 것이고.

구봉팔이 눈빛을 바꿔 물었다.

"오늘 자네가 어디 사람이라는 걸 듣고서야 문득 든 생각 이네만…… 따지고 보면 자네 회사도 조설훈의 사망으로 이 득을 보는 곳이라 볼 수 있지 않겠나?"

구봉팔이 말한 '회사'란 물론 안기부를 의미하는 것이었고, 구봉팔은 안기부에서 조설훈을 살해한 것은 아닌지 묻고 있 었지만.

"저는 모릅니다."

강이찬은 아무런 반박도, 그렇다고 해서 구봉팔의 말을 긍 정하지도 않았다.

그는 마치 안기부가 뭘 하건 자신과 무관한 거란 입장임을 표명하려는 듯했다.

"말단에게는 그런 정보가 가질 않는다는 의미인가?"

구봉팔이 은근히 비꼰 말에도 강이찬은 동요하지 않았다.

"그렇게 보셔도 무방합니다. 저도 조직이 하는 일 전체는 알지 못하고, 다른 요원들 또한 그러할 테니까요."

"이거, 그러면 자칫 일이 꼬일 수도 있겠군. 나로서는 자네를 파견한 회사에서 다른 꿍꿍이가 있었다는 걸 알기 전에 발을 뺄 수 있어서 다행이라 생각하고 있었거든."

"……."

"그쪽 입장에선 어쨌건 자네가 광남파란 곳으로 가서 분탕을 쳐 두길 기대하고 있지 않을까 싶네. 그러면 그들은 그 즉시 이 일에 개입할 명분이 생기게 되니까."

구봉팔이 말을 이었다.

"하지만 부서 간 정보 공유가 되지 않으면 자칫 우리가 그들이 하려는 일에 찬물을 끼얹게 되는 건 아닐까 모르겠어."

에둘러 말하고 있었지만, 구봉팔은 사실상 조설훈을 살해한 것이 안기부임을 확신하는 투였다.

안기부라면 그럴 만한 능력도, 그리고 현장에 있었던 경찰에게 입막음을 할 권력도 있는 조직이니까.

강이찬은 한동안 묵묵히 술을 마시더니 한참 만에 대답했다.

"사장님과 이사님이 이득을 생각해 일을 진행하듯, 회사도 국익을 생각해 일을 진행할 겁니다."

표면상으론 단순한 발뺌, 무책임한 회피라고 볼 수도 있는 발언이었지만, 구봉팔은 강이찬이 말한 말속에 숨겨진 의미를 어렵지 않게 읽어 냈다.

'즉, 안기부는 그럴 만한 의지와 능력을 갖춘 조직이란 의미로군. 그리고…… 나중에 조설훈을 죽인 범인이 필요한 상황이 온다면 배우 한 명쯤 섭외하는 건 어렵지 않다는 거지.'

자신이 떠올린 생각이니, 이성진 역시 응당 그 점을 고려하고 있을 것이다.

'심지어 꼬마 사장은 강이찬의 정체를 일찌감치 알고 있었으니…… 처음부터 이 상황을 꿰뚫어 보고 돗자리를 편 걸지도 모르겠어.'

구봉팔은 자신이 꽤 까다로운 일에 발을 들이고 만 것 같다고 생각하며 술잔을 마저 비웠다.

다음 권으로 이어집니다

망한 가문의 검술 천재가 되었다

소구장 퓨전 판타지 장편소설

역사에서도 잊힌 비운의 검술 천재
최강의 꼰대력으로 무장한 채
후손의 몸으로 깨어나다!

만년 2위 검사 루크 슈넬덴
세계를 위협하던 마룡을 물리치며
정점에 이른 순간

이대로 그냥 죽어 다오, 나를 위해서.

라이벌인 멀빈 코넬리오에게 목숨을 잃……
……은 줄 알았는데,
200년 후의 몰락한 슈넬덴가에서 눈뜨다!
가족이라고는 무기력한 가주, 망나니 1공자뿐
망해 버린 가문을 살리기 위해
까마득한 조상님이 팔을 걷었다!

**설풍 같은 검술, 그보다 매서운 독설로
슈넬덴가를 정점으로 이끌어라!**

우리 교황님 좀 말려 주세요

판미손 퓨전 판타지 장편소설

비정상 교황님의
듣도 보도 못한 전도(물리) 프로젝트!

이세계의 신에게 강제로 납치(?)당한 김시우
차원 '에덴'에서 10년간 온갖 고생은 다 하고
겨우 교황이 되어 고향으로 귀환했건만……

경고! 90일 이내 목표 신도 숫자를 달성하지 못할 시
당신의 시스템이 초기화됩니다!

퀘스트를 달성하지 못하면 능력치가 도로 0이 된다고?
그 개고생, 두 번은 못 하지!

"좋은 말씀 전하러 왔습니다, 형제님^^"
※주의※ 사이비 아닙니다, 오해하지 마세요!

꿈의 도약, 로크에서 하십시오
(주)로크미디어에서 신인 작가를 모십니다

즐거운 세상, 로크미디어는 꿈을 사랑하고 도전을 두려워하지 않는 작가 분들의 참신한 작품을 기다리고 있습니다. 21세기 장르 문학계를 이끌어 갈 차세대 선두 주자 (주)로크미디어에서 여러분의 나래를 활짝 펴 보시길 바랍니다.

모집 분야 판타지와 무협을 포함한 장르 문학
모집 대상 아마추어 작가, 인터넷 작가
모집 기한 수시 모집
작품 접수 시 유의 사항
1. 파일명은 작가명_작품명.hwp형식을 갖춰 주십시오.
1. 파일에 들어갈 내용은 다음과 같습니다.
    - 성명(필명인 경우 실명을 밝혀 주세요), 연락처, 이메일 주소.
    - 제목, 기획 의도.
    - A4 용지 1장 분량의 등장인물 소개.
    - A4 용지 2장 분량의 전체 줄거리.
    - 본문.
1. 작품이 인터넷에 연재되고 있다면, 게시판명과 사이트의 구체적이고 정확한 주소를 기재해 주십시오.

선택된 작품은 정식 계약 후 출판물로 간행되어 전국 서점에 유통됩니다.
작가분은 (주)로크미디어의 전폭적인 지원하에 전속 작가로 활동하시게 됩니다.
※ 자세한 내용은 로크미디어 홈페이지(rokmedia.com)를 참조하세요.

(04167)서울시 마포구 마포대로 45 일진빌딩 6층
(주)로크미디어 편집부 신간 기획 담당자 앞
전화 : 02 – 3273 – 5135
www.rokmedia.com   이메일 : rokmedia@empas.com

One for all
원포올

일라잇 스포츠 장편소설

작렬하는 슛, 대지를 가르는 패스
한계를 모르는 도전이 시작된다!

축구 선수의 꿈을 품은 이강연
냉혹한 현실에 부딪혀 방황하던 중
운명과도 같은 소리가 귓가에 들어오는데……

당신의 재능을 발굴하겠습니다!
세계로 뻗어 나갈 최고의 축구 선수를 키우는
'One For All' 프로젝트에, 지금 바로 참가하세요!

단 한 번의 기회를 잡기 위해
피지컬 만렙, 넘치는 재능을 가진 경쟁자들과
최고의 자리를 두고 한판 승부를 벌인다!

실력만이 모든 것을 증명하는
거친 그라운드에서 당당히 살아남아라!